いのちのしずく

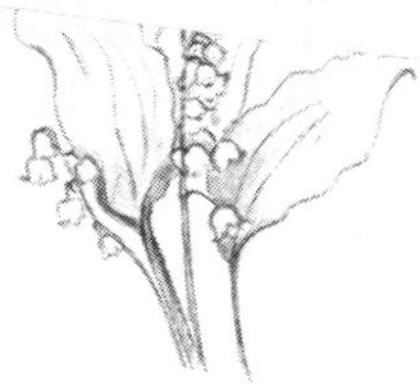

先に逝く人は、残された者に
いのちのしずくを
ぽとりと落としていく。
そして
私たちのいのちに引き継がれていく。

目次

カット　原寛子

子どもの心に寄り添う言葉

むいなかね――これは、鹿児島の友人Tさんがふっと口にした「かごっま」(鹿児島弁)です。「むいなかね」というTさんの声は私に、とってもやさしく、ゆったり響いてきます。Tさんは、何度かこの言葉を繰り返してから、思い出話をしてくれました。

「幼い頃、浜辺でころんで泣いていると、近所のおばさんが抱き起こして『むいなかね』といってくれたものよ。『大丈夫かい？』でも『元気を出しな』でも『がんばれ』でもないのよ。『無理ないねえ』と、そっと心に寄り添ってくれた言葉なの。だから『むいなかね』と言われると安心して、自分の力で泣き止んで、歩き出せたの。今、思い出しても胸の奥に熱いものが湧いてくる。本当に幼い心にやさしい言葉だったのよね」と。「でも、久しく耳にしなくなった」と懐かしそうな表情を浮かべました。

私もTさんに真似て「むいなかね」と言ってみました。子どもをいとおしむ心のゆとりがなければ、言えないものだと思いました。たとえ死語になってしまっても、「むいなかね」という気持ちはいつの時代も幼い生命に(魂に)必要なことなのでしょうね。

ちょうどその日、私は「かごしまてんとうむし文庫」に行きました。七年前には、私もでんと座って子どもたちを待っていた本の部屋です。今でも地域のお母さん方が、子どもたちに絵本を読んだり本を貸し出したりしている地域文庫です。

ドアを開けると、お仲間の笑顔と持ち寄った手作りの食事がテーブルいっぱいに並んでいました。私は、思わず「ただいま！」と言ってしまいました。子どもばかりでなく大人も待ってくれて、思っていてくれる人がいると力が湧いてくるものですね。いつの間にやら私は、きのうもそこに居たかのように時間が逆もどりして、文庫の住人になっていました。

子どものためのおはなしの時間が近づいてきた時、「おちあいさんいる？」とTちゃんが、息せき切って駆け込んできました。カバンはカタカタ揺れてます。

「いるよ！」私は、思わず立ち上がりました。Tちゃんとは、三年ぶりの再会です。一緒に絵本をたのしんでいた幼児期の面影が少し残っている小五の女の子です。

Tちゃんは、頬を紅潮させて、口を開きました。

「あのね。まだ花壇の手入れの授業が残っていたけれど、めったに会えない大事な人が来るから帰らせてほしいと、先生に交渉したら、先生がいいって言ってくれたの」

「コウショウ？」そこにいたお母さん方も思わず繰り返し言いました。そんな言葉を使えることに驚いただけでなく、Tちゃんの意欲や情熱が伝わってきて、私も思わずうなずき、「会えてよかったね」の気持ちを交わしました。

それからTちゃんは、SちゃんやAちゃんと小さい子たちに混じって、その日のおはなし『ゆきむすめ』や『うまかたやまんば』に聞き入りました。そして、食い入るような瞳で私の目に飛び込んでくるのでした。その姿からは、Tちゃんの気持ちを理解してくれる先生やお母さん、日々子どもたちに本を手渡す人たち（文庫を続けている行為）の心が、私に伝わってくるのです。年月を経て積み重ねられた大人の生きざまをみせてくれるのが、そこに居る子どもたち。

この一瞬の喜びは、時間が経つにつれて、じんわりと私の中で広がっていきました。つまり、目には見えない大切なものを感じとってくれる大人たちへの感謝――「むいなかね」という思いへの感謝なのだろうと思います。子どもたちに会えた喜びは、その背後にいる大人たちに会えた喜びでもあったのです。

そんな私の気持ちを代弁してくれるような一通の手紙が届きました。

「会えて本当によかった。先日の再会で、生きていてよかったが、人生の中でまた一つふえたと喜んでます」。手紙の主は、国立病院筋ジス病棟の車椅子のSさん。

Tちゃんが私に会いに来てくれたように、私はSさんたちのいる病院へ行き再会したからです。不自由を押して一字一字したためた文字で、さらに「人間っていうのは、長い人生の中で『生きていてよかった』と思う瞬間って何度あるだろうか……『生きていてよかった』と思う瞬間が多ければ多い人ほどその人は輝いているだろうなと思います」と。

生命を見つめて生きているからこそ、言える言葉です。

子どもたちは「むいなかね」も「生きていてよかった」とも言いません。でも、これから輝いて生きていくために、私たち大人に求めている大切な心なのだと思います。

山あいの宿で

私のふるさと上毛高原の温泉宿で食事をした時のことです。小さな器に盛られた豆腐の懐石料理の数々に目を見張りました。

四季を折り込んだ季節豆腐。琥珀色のスモーク豆腐。濃い豆乳をあたため、湯葉を作りながらいただくもの。生ふをおから粉で揚げた精進カツレツ。豆乳の中を泳がせて食べる上州牛のシャブシャブ。ふわっとあったかい饅頭のあんは、ほどよい味付けの卯の花。デザートの豆腐アイスクリームまで、十種類ほどの豆腐の装い。豆腐のオンパレードです。どれにしても素朴な豆腐の持ち味が生かされています。それをもり立てている山菜や川魚など野趣に富む旬の料理の美しいこと。細やかな人の心が感じられます。食べてしまうのがもったいないと思いながら少しずつ味わっていくうちに、ふっと、どんな人がどのようにして、この豆腐懐石を考え出したのだろうと思いました。その訳はすぐにわかりました。

この宿では、毎日、囲炉裏のある部屋で、土地の昔話を聞かせてくれます。語りの時間になると、しっとり着物のよく似合うおかみさんが現れて、

「みなさん、ようこそおいで下さいました。昔から旅人はこの地で湯につかって名物の豆腐を食べました」と話しはじめました。

豆腐が名物なのは、谷川岳や三国山が源流の美味しい清水と鶴の子豆の生産地だから。

今ではもう、それぞれの家で豆腐は作らなくなったけれど、まだあちこちに豆をひく石臼や固めるためのにがりも残っているとのこと。

この宿の豆腐懐石も、思いつきだけで、ぽんと生まれたのではなく、こうした土地ならではの伝統や歴史が生かされ、工夫されていることがよくわかりました。

おかみさんの話はさらに、

「豆腐ばかりでなく、むかしから、一番のもてなしには餅をつきました。越後と中央の中継の場でしたから、長岡の殿さまも必ず休んでいきました。みなさまもゆっくりしてってください」

土間では、ぺったんぺったんと餅つきが始まりました。

「むかしむかし、あったんだと。……」と、おかみさんの語る昔話を聞きながら食べるきなこ餅も格別でした。

透明な感じの静かなおかみさんの口から、少し野暮ったくて乱暴ぎみな上州弁が飛び出すのには驚きましたが、私は、忘れかけていた懐かしい言葉に出会えて、子ども時代に引き戻されました。

埋もれていた伝説や昔話が土地の言葉で、生き生きと蘇るのを聞いて、これこそ旅人をたのしませる最高のもてなしだと思いました。

私も昔話を語るので「聞くことが大好きです」と話すと、おかみさんは、「お昼だったら出られますから」と言って、翌日、九十五歳の原沢はるさんのところへ連れてってくれました。

おかみさんは、三十年前に猿ケ京に嫁入りして以来、これまで、土地のお年寄りから話を聞き歩き、まとめて本にしています。その中でも特に絆の深いのがはるさんです。妹のつるさんと合わせると語れる話は五百話を越えています。

おかみさんに見守られて、はるさんは、張りのあるお声で次々、生き生きと語ってくれました。私は、子どものように笑いころげ、食い入るように聞いていました。それから、しばらくして、はるさんがしみじみと言いました。

「子どもの頃は、親からいっぺい語ってもらって聞くだけだった。結婚しても聞くだけだった。八十歳になってからおかみさんに出会って聞いてもらって、しゃべる分がまわってきたんだよ」

はるさんは、今、九十代で、みごとな花を咲かせています。

本当に美しい人は、まわりも美しく、まわりを生かしていくものです。山あいの宿で、おかみさんに出会ってつくづくそう思いました。

ゆったりとした時間

帰宅して、ほっと一息ついて、テレビをつけると画面は、美しいライン河の流れ。ライン河をゆったり走る船上には、、数名のゲストの中に知人のO氏もいて、にこやかに話しています。それは、「ライン河の旅」三日間の生中継なのでした。

私もしばらく、テレビの前に釘付けになって、船上の人のような気分で、映し出される川辺の木々や牧場の馬や羊の群れを眺めました。そして、ゲストの会話に耳を傾けると、「自分の時間を持つ豊かさ」について話していました。女性カメラマンが「ヨーロッパの旅の中で、老夫婦が語らいながら湖のまわりを長い時間かけて、ゆっくり何周もしている姿を見て感動した。日本にいると、短い時間の中でいろんなことをして、時間を両づかいしている」と言うと、続いてK氏も「日本人の忙しいのは、自分のやりたいことがわからないので、いろんな人に言われて動くことがずいぶんある。ヨーロッパの人たちは、自分のやりたいことが決まっているのでゆったりとした時間が持てるのではないか」と話していました。

「そうよ、そうよ」私も、テレビに向かってうなずいていました。

というのも、ついせんだって私は、七十代の母親と妹との三人で、フランスの旅をゆったり楽しんで来たばかりなのです。

時間のやりくりをつけての十日間でしたから、もし一人旅だったら、友人と一緒だったりしたら、欲張ってあちこち歩きまわったに違いありません。でも、今回は、一人暮らしでほとんど遠出をすることのない母に楽しんでもらう旅。身体に無理のないよう、したいこと行きたい所をしぼり、自由で変更のきくようにしました。全日程が同じ宿。動きやすく、くつろげるように環境の良いプチホテルにしました。結果的には、私にもとてもぜいたくな時間となり、たっぷり感じとる旅となりました。その出会いも印象深く、懐かしい場面がいつまでも浮かんでくるように思います。

日常生活に戻ってみれば、確かに忙しいのですが、これらの思い出が、うるおいを与えてくれます。

まず、朝のひととき、ホテルでの朝食は、ゆっくりとりました。一日のスタートに、したいこと見たいものについて語り合いながら、カフェオレとクロワッサン、それに生ハムやチーズ、よく冷えたヨーグルトを毎日、繰り返して食べました。日ごとに、おいしさが増して、身体にしみ込んでしまったようです。あれほどおいしいヨーグルトは、手に入りませんが、今でも毎朝、ヨーグルトを口にするたびに、幸せなゆったりした一日のはじまりが、よみがえります。

ところで、自分のしたいことが、よくわかっているのは、幼い子どもたち。体の中から湧き上がってくるのでしょう。私たちも、何をして、何を見るか、子どものような思いでたのしみました。

オランジェリー美術館では、まず、お目当てのモネの睡蓮の部屋へ直行。円形の部屋の壁一面に描かれた睡蓮の池に囲まれて、じっと座っていると、絵の方から語りかけてくれて、風のそよぎや水面の陽だまりに魂ごと吸い込まれるようでした。私はこの絵と二年ぶりの体面でしたが、以前とは違う深い水の色に魅かれて、心境の変化を絵が教えてくれました。睡蓮の絵と対話した時間に満足して立ち上がると、

「ボクたちの新婚旅行は、フランスで好きな絵を見ることなんです」という日本の若いカップル（新婚さん）に出会いました。二人で満足するまで、時間を決めないでたのしむ姿に、これから人生を共に歩む二人の心のゆとりが伝わってきて思わず拍手を送りました。

「ボンジュール」と「メルシィ」だけの乏しい言葉で、サクランボやパンを買い、お店の人たちと笑顔を交わすと、まるでパリの街に住んでいるかのようでした。どの人も、私たちを特別扱いせず、自然にゆったり接してくれるので、うれしく思いました。

午後のひととき、フランスの人たちのようにカフェでお茶をたのしんでいると、見たことのある顔に出くわしました。キョロキョロした視線、作り笑い、思い出しました。二年前、親切そうに近寄って、知らないうちに写真を映して無理に売りつけようとするので、走って逃げると追いかけてきた写真屋さんなのです。あの時と同じような様子や表情を見ているうちに、忙しい日々、私たちの落ちつかない視線やゆとりのない心情を垣間見る思

いがしました。

大人にも子どもにも形だけのゆとりでなく、生命をみずみずしくしてくれる「ゆったりした時間」が日々の暮らしに欲しいと、フランスで思いました。それにはまず、私たちに何が大切なのか、何をしたいのか、根源にあるものをしっかりと見つめ直す必要がありそうです。

手仕事の心で

　各地に出向く機会が多いので、私のバックには洗面用具と本が一～二冊、入れっぱなしになっています。この何カ月間、変わらず持ち歩いているのが、岩波文庫の『手仕事の日本』（柳宗悦著）です。各地の美しい手仕事が、著者の目を通して紹介されています。五十余年前、若い人たちのために出された本ですから、すでに消えてしまった物や伝統も数多くありますが、頁を繰ると、訪れようとする土地に潜むあたたかい心に触れたような気がします。

「貴方がたはとくと考えられたことがあるでしょうか、今も日本が素晴らしい手仕事の国であるということを。確に見届けたその事実を広くお報せするのが、この本の目的であります」という文で始まっています。「機械に依らなければ出来ない品物があると共に、機械では生まれないものが数々あるわけであります」と、著者は当時から衰えていく日本の手仕事を危惧し、さらに育てたいという思いを込めて書いています。

　この小さな本をバックにしのばせているだけで、何だかほっとするのです。大切にしたいものが、いっぱい詰まっているからでしょう。実際、物があふれている昨今の暮らしの中で、手仕事による品を使うことも、作る人（職人）もずいぶん少なくなってしまいました。日本の手仕事の数々を大事にする心だけは失いたくないと思うのですが。

この本を手にした時、私はふっと若い頃のひとこまを思い出しました。

二十歳頃、新聞に載っていた記事にひきつけられて、房総の浜辺にあった小さな海洋美術館に何度か足を運んだことがありました。わらぶきの民家で、始めた美術館の主は、漁業の消えゆく諸道具に魅せられて、サラリーマン（デザイナー）をやめ、漁村に眠っているものを情熱的に収集したのです。土間や板の間に、木彫りや竹細工の道具、舟の細工物、大漁旗、祝いのはんてんなどが並んでいました。

その形や模様、藍で染めた素朴な美しさに驚きました。どの品々も、暮らしの中でいとおしみ、大事に使われてきた匂いがありました。使えば使うほど味わいのある実用品、海の荒い仕事にも耐えてきた諸道具、本の著者はこれらを「健康な美しさ」と言っています。つまり道具類が「自然が欲している一番素直な状態である」からです。

当時、私はこれと同時にもうひとつ強く心ひかれることに出会いました。『子どもの図書館』（岩波新書）によって知った家庭文庫の存在です。著者の石井桃子さんが、家庭で地域の子どもたちに本を読んだり、貸し出したりして、子どもの心にたのしい世界を手渡している体験録に心底から感動しました。この感動が私を図書館の仕事へと導いてくれました。そして、地域の文庫にも関わり出したのでした。それからこれまで数えてみると七カ所で文庫を開いて三十年。子どもの本や語りを仲立ちに人との出会いを重ねてきました。ふっと気づいてみると、大事にしてきたことは、日本の手仕事や海辺の小さな美術館で感動したことと同じ、つまり手仕事の心だったのです。

素朴な絵やことばで描かれ、長く読み継がれている絵本――たとえば『ちいさいおうち』や『もりのなか』など読めば読むほどに心地よく、手編みの籠がつやを増すように、聞き手の子どもの表情が美しく生き生きしてくるのです。伝承されてきた「わらべうた」や「昔話」を語る時、手織りのように、私はことばを紡いでいました。

文庫にやってくる一人ひとりの子どもの顔を浮かべて、一冊ずつ本を選び、無名の職人さんのような思いで、手作りのカードや手書きのおたよりを発行します。古いセーターや布で指人形やお手玉を作ります。見えないところに手をかけ時間をかけてみて、本にも子どもたちにも、だんだん愛着が深まってきたのです。そして知らず知らずのうちに、あたたかくて居ごこちの良い、自由な出会いの場になってきました。手仕事の心は、ふれあいの発露。一つひとつをいとおしむ心にあるのでしょう。

大量生産、スピード化、それに画一的な日常の中、すべて手仕事であった過去の生活には戻れないにしても、私にとって、今まで文庫を開いてきたことが、手仕事の暮らしだったのです。続けてこられたのは、共に楽しむ人（乳幼児から大人）が、必要としてくれたからです。

つい最近、公共の施設で開いている文庫で本棚の一部が使えなくなってしまいました。名目は、その施設を誰にも平等に提供するという形（たてまえ）を大事にする考えからでした。手塩にかけたものを捨てられた悲しみを味わいました。手仕事の品も文庫も愛され、大事にされなければ生き続けることが出来ません。

ところで、どうしても手仕事が必要なのは、子育てでしょう。小さな生命がはぐくまれる日々に、すべて手抜きの育児は、再生出来ない手仕事の品と同じようになってしまいますから。

ちいさいおうちの夢

ちいさなおはなしの家が完成しました。家といっても八坪ほどの一部屋です。名前は「おはなしとおんがくのちいさいおうち」。

「むかしむかし、ずっといなかのしずかなところにちいさいおうちがありました」と、始まる絵本の『ちいさいおうち』(バージニア・リー・バートン文絵　石井桃子訳　岩波書店)にあやかりました。

「このちいさいおうち」を作るまで、私は、数年間迷っていました。玄関前の空き地の木や雑草たち(小判草やカラスノエンドウやクローバーの小さな野の花たち)に「ここに家建ててもいいかぁー」と時折、聞いてみました。ちょうど宮澤賢治の『狼森と笊森、盗森』のように。でも「ようし」という声は、聞こえてきませんでした。

それに、子どもたちにおはなしを語ったり絵本を読むことは、どこででも出来ます。今までも特別な建物はいりませんでした。一番理想的な場所といえば森の中です。小鳥の声や木々を渡る風の音の伴奏つきで、たのしむことです。

でもやっぱり、私の心の隅っこのほうから、「日常の暮らしの中で、子どもたちにおはなしを届ける根っこのような場が欲しい」。「音楽も身近なところで共にたのしめるように」という願いが、まるで雑草のように根強く何回も頭をもたげました。

そのうち、庭の隅から「家建ててもいいぞう！」という声がかすかに聞こえてきました。子どもたちに本を手渡す仕事をはじめてからちょうど三十年目。

私は感謝しながら、今までに考えたり、夢みたものの中から、一番小さくて一番シンプルな建物（防音機能のある音楽室）に決めました。もちろん費用のこともありますが、小さくていいと思いました。

これからも、小さい子ども時代のセンスを大切にしたい。一人ひとりの心の触れ合いから始まるおはなしのたのしみは、小さいところからという思いを込めて。

K楽器や大工さんとのさまざまな手続きを経て、夏のまっさかりに、工事が始まりました。打ち合わせの時には、口数の少なかった棟梁のSさんは、仕事にとりかかると、別人のようにいきいきとした顔と張りのある声に変わりました。炎天下で、大工さんたちの汗がみるみる形になって、職人魂が建物にしみ込んでいくようでした。

それに頭で考えたことというのは、見える形になってみると、機能や美しさに違いが生じることもわかりました。「変更しながらいいもの作りましょうよ」というSさんの言葉に甘じて、途中で細かいスイッチや電灯ばかりでなく、手洗いやベランダのイメージチェンジまでやりました。車椅子のYさんが来た折りに入口の傾斜は、もう少しゆるやかな方がよいと思いました。すると、いつの間にやら、新しいスロープが作られました。ちいさいおうちだからこそ出来たのでしょう。

そんなある日、私は、友人が紹介してくれた木のおもちゃや創作家具の並んでいる小さなお店に行きました。そこで、やさしい曲線を描いた心なごむ本棚に出会いました。赤松の木肌の美しいぶ厚い棚から、木の生命が伝わってきて、まるでそこに生きて立っているかのように見えました。

ちいさいおうちが求めていたものにぴったりでした。これ以外にないという私の感動を作者のTさんは分かってくれて、秋になると、大小三つの本棚が出来上がりました。

本棚が納まるとちいさいおうちは木の匂いでいっぱいになりました。

さっそく、今まで狭い部屋に閉じ込められていた百箱以上の子どもの本が、娘の友だちやお仲間の手を借りて、本棚に並びました。本たちもとってもうれしそうに見えました。壁には、Hさんが小さな手作り人形を掛けてくれました。その人形は、森からもらってきた松ぼっくりや小枝や小花で飾られていて木の妖精たちのようです。それに心寄せてくれる友人たちの贈物――本の主人公のような人形たちやたくさんのお花――が置かれ、ちいさいおうちは、すっかりおはなしのおうちになりました。

お誕生を祝う会にやって来た四歳のEちゃんは「ちいさくないよおおきいおうちだよ」と言いました。四年生のOさんは「今どき、こういう大人たちってあんまりいないよね」ですって。大人になったらどう感じるのでしょうね。

音楽を親しみやすくするために活動していらっしゃるY先生のフルートとオカリナ、Kさんのオーボエの音色は、ちいさいおうちの空気と集まった三十余人の心を揺すぶりました。Rさんの『セロ弾きのゴーシュ』は宮澤賢治がそこで語っているかのようでした。たのしいおはなしをたくさん聞いたちいさいおうちは、幸せそうでした。

その晩、ちいさいおうちのみた夢は、その幸せが、子どもたちの心の中で大きく膨らむ夢でした。

「ない思い出」から

秩父地方の山懐に住む義父を訪ねると、大正十四年発行の『赤い鳥』（鈴木三重吉主宰）のコピーを見せてくれました。子どもが鳥かごを持って歩いている表紙（清水良画）に、私は思わず吸い寄せられました。黄色と赤のあったかくてほっとする懐かしい色づかいの絵です。

掘りごたつにすっぽり入って、これまでにもよく義父の話を聞きましたが、『赤い鳥』のことは初めてでした。なぜ義父の手元にあるのかしらと思いましたら、実は、義父にとって、『赤い鳥』は「ない思い出」なのだというのです。

でも、「畑の麦」と題する自由詩（高等科）の入選欄には、義父の十三歳頃の詩が載っているのです。私は、すぐに目を通しました。

横の道

落合　守字郎

横の道
人がとほった。

帽子をかぶって、
そっと歩いて、
一寸《ちょっと》せきをして通った。
畑の麦がかるくゆれた。

私が読み終わって目を上げると、「これは、つい最近、高崎市のS氏が持ってきてくれたのだ」と義父が教えてくれました。S氏は『赤い鳥』に載っている作者を訪ね歩いているのだそうです。

「この本の選者は、北原白秋先生で他の者は口をはさむことができなかった貴重なものです。あなたの作品が白秋先生に認められたことについて種々の思い出があるのでは？あなたの思い出はどんなことでしょう」と聞かれたそうです。記憶の糸をたどっても、どうしてこの詩がここに載っているのか、いつ投稿したのか、思い出にないというのです。

それでも自分の作品が活字になっているのを目にして懐かしさがこみ上げてきて、『赤い鳥』を読んでいた頃の少年時代がよみがえり、七十四年の歳月が突然に現れたようだったと話してくれました。よほどうれしかったのでしょう。「ない思い出」と題するエッセイを新聞に投稿し、掲載されました。

『赤い鳥』といえば、鈴木三重吉が主宰して、大正時代の児童文化を一新させ、近代の児童文学の成立に主導的な役割を果たした童話雑誌です。子どもの本も芸術であることを示しました。芥川龍之介の『蜘蛛の糸』や有島武郎の『一房の葡萄』が、この雑誌から生まれたこともよく知られています。北原白秋や西条八十らの詩人や山田耕作の作曲家たちの協力で新しい童謡が花開きました。そして美しい童画も開拓されました。日本の近代児童文学における優れた童話作家、童謡詩人を養成し生み出しました。そればかりでなく、読み手の子どもたちの綴り方や自由詩、自由画を開眼させてきたのです。新しい風を吹かせてくれた文学運動でした。

こうした『赤い鳥』の時代——夢があり、自由なエネルギーが渦巻く時代——が義父の多感な子ども時代でした。文学好きで、文章を綴って投稿することができたのも周囲に手渡してくれる大人がいたということでしょう。「ない思い出」は、義父が俳句を好んで作ったり、人を楽しませるおしゃべりや心のゆとり、また、感性の豊かさを感じさせてくれた見えない根っこのように思えました。

ところが、義父は、それから間もなく「ない思い出」のところへ逝ってしまうことになったのです。

「子どもは、大人の父である」（ワーズワース）という言葉のように、義父は子ども時代のところに帰って、この世からの旅立ちの準備をしました。

それは決して簡単なことはなかったと思います。肩を震わせて泣いている父を見ました。震える文字で、空を翔ぶうたを書いているのも見ました。子どものようにだんだん無駄なものを捨てて、ただ、生命の灯だけが身体を支えているように感じられました。

ある日、突然「おれの人生は、幸福だった」「皆に幸あれ」とはっきり言いました。

四人の子どもと九人の孫たち、家族の行き届いた三ヵ月間のお世話と看護をしてもらうと、秩父夜祭りの前日、突然入院、そして祭りの音が消えたとたん、私たちのもとから去って行きました。

義母は、お棺の中にノートと鉛筆を入れました。

「ない思い出」は、家族に残した置きみやげになってしまいました。そして永遠の心の絆となりました。

義父八十八歳でした。

繰り返しの魅力

もりのなか

子どもたちと読んでいる絵本の中で、私の好きな一冊といえば『もりのなか』（マリー・ホール・エッツ文絵　福音館書店）です。墨一色で描かれた木立ちの中に小さな男の子がいて、「ぼくは、かみのぼうしをかぶり、あたらしいらっぱをもって」と始まり、頁を繰ると、森へ散歩に出掛けて行きます。一見地味ですが、いつ見ても心地よく、何度繰り返して読んでも飽きることのない絵本です。主人公のぼくが、ライオンや象などの動物たちと出会う様子や会話、それに散歩の行列はリズミカルで楽しく、思わず引き込まれてしまいます。ぼくのらっぱの音と動物たちの作りだす音が響き合って聞こえてくるようです。想像がふくらんで、物語の中でたっぷり遊べるのです。

私は、大人の人たちにもこの絵本を読みます。北海道のT幼稚園で、母親向け講座の時に、園長さんが後で聞いていて、「なぜこの絵本が大好きなのか、今日はよく分かりました」と言いました。聞き手になって楽しんでいるうちに、子ども時代に森の中で遊んでいた感覚がふつふつと頭をもたげてきたのでしょう。記憶の中の幼い頃の時間と共鳴し合ったのでしょう。「子ども時代にしみ込んだ感覚にぴったりだから好きなのね」とうれしそうに話してくれました。

『もりのなか』をお互いに同じように感動しましたので、その園長さんとはほかのものの感じ方にも多くの共通点があります。何を大切にしているかということも言葉を交わす前に感じ合えるのです。

T幼稚園に初めて行った時、私は気持ちのよい園だと思いました。玄関には園長さんの手で、野の草花や木の実が飾られていました。子どもたちの遊ぶ人形やおもちゃもあたたかい手作り、私も自然体で話してこられたのでした。

三年ほど前、墨一色の『もりのなか』の原画が、アメリカから日本にやって来ました。原画展の会場で、私は『もりのなか』の全場面の原画の前に立ちました。描かれた五十数年前の作者とじかに会っているようでした。やっぱり作者のM・エッツも、森の中で、子ども時代を過ごしたのだそうです。墨一色で描かれている木々は、まるで雨で洗われたあとのようにつややかです。生命ある森の中のように感じられるのです。一枚だけ木や動物たちが水彩で描かれていて、本に載せなかった絵がありました。これは違うと思いました。色彩を帯びたとたん、森が子どもの頃の森でなくなってしまうのです。（作者もそれ以上描きませんでしたが）。

一冊の絵本が、子どもの頃に感じた森の存在にまで記憶を呼び起こしてくれて、なぜこの絵本が好きなのかのうしろには、作者M・エッツの子ども時代と共有できる森の中のその時があるからだということを確認したのでした。

私は子どもの頃、春と秋には必ず山登りをしました。毎年繰り返される家族の行事でした。そして登る山は決まって、家の北方にある大峯山という浮き島のある山なのでした。

何歳頃から登ったのか、はっきり記憶にありませんが、初めの頃、みんなのあとについて二～三時間歩いて行くのは大変でした。地面をにらみつけながら黙々と歩きました。「ほら、あの一本松まで」「ほらあの二本松まで」と父親に声をかけられました。だんだん高くなっていく山道。見晴らしのよい中腹で休むと風が頬をなでていって、気持ちよかったこと、水筒の水のおいしかったことは鮮明に甦ってきます。いよいよ沼のある目的地に近づくと、森の中に入ります。急に暗くなって、ひんやりとした空気と静けさ、木の匂いに包まれて、身を引き締めて歩いて行きました。ようやく到着したとたん、疲れはすっとんでしまいました。

「よく来られたねえ」と、いつも笑顔のおばさん（実は当時、森の中に住んでいた、まだ若いお姉さんだったKさん）が迎えてくれました。ちょうど、『もりのなか』の絵本に出てくるお父さんのように子どもの気持ちのわかる人でした。

こうして、私の子どもの頃の森の体験は、繰り返し山登りを楽しんでいた家族や森の中で関わってくれた人たちに門戸を開けてもらったのです。

ですから、普段も近くの雑木林の中で、遊んで過ごすことが、ごく自然に身についてしまいました。木々の中には、幸せな時がありました。

大人になっても、心のバランスをくずすと、ふらりと森の中を歩きます。いつの間にやらいやされています。子どもの頃のように自然に呼吸して、神秘さ、美しさに浸ってあの幸せの時に近づいていくように思えます。

不思議なことに、絵本の『もりのなか』を声を出して読むと、その気持ちが引き出されてくるのです。

驚いたことに、こんな楽しい絵本を描いた時のM・エッツは、夫を亡くして人生の一番悲しい辛い時だったというのです。でも、子ども時代の森の中を描くことで元気づけられたのだそうです。

森からもらった恵みの絵本を、私はこれからも繰り返し読み続けることでしょう。

くまさんのおでかけ

子どもの頃繰り返した体験（もりのなか）は、大人になっても、繰り返し生命を新鮮に感じさせてくれるエネルギーであることを記しました。が、大人になってしまってからの繰り返しの行為は、何と子ども時代と違っていることでしょう。その違いは、幼い子どもたちを見ているとよくわかります。

図書館や公民館で開いている「親子でたのしむ絵本とわらべうたの集い」では、わらべうた「ととけっこう　よがあけた　まめでっぽう　おきてきな」と、『くまさんのおでかけ』（中川李枝子作）で始まります。

毎回、右手にはめたくまの指人形が起き上がり、左腕で作った道を歩きます。

一本道をテクテク　くまがお出かけ「いってまいります」
一本道をテクテク　や、水たまり「泳いでわたろう」
一本道をテクテク　や、石ころ「ヨイショとこえよう」
一本道をテクテク　や、山ぶどう「こりゃうまそう、パクン」
一本道をテクテク　や、行きどまり「まわれみぎ！」

そして来た道をまたそのままたどり、「くまがおかえり、ただいま！」と。

参加している三～四歳までの子どもたちは「知っている」とも「違うのがいい」とも言いません。毎回このリズミカルな言葉に親しみ、心の中に安心した居場所を作っているようです。そして、繰り返すごとに、自分からすすんでいろんなことをします。

ある時、指人形のくまが、行きどまりで「まわれみぎ！」をしようとすると、Nくんが、ヒョコヒョコと前に出て、私の手の先に重ねるように自分の手を出して橋を作ってくれました。それからというもの、ほかの子どもも作るので、くまが「よいしょ　よいしょ」と渡って帰って来るおはなしに発展しました。

家でも、Aちゃんは、毎朝お父さんを「ととけっこう」で起こすようになったそうですし、Iちゃんは、小さい弟に歌ってやるようになりました。あるお母さんは、家庭が明るくなったと話してくれました。

お母さん方に、くまの指人形を作ってもらうと、どの子もうれしそうに「くまのおでかけ」をみごとにリズミカルに、語っているではありませんか。しっかり根づいた言葉に磨きがかかって、まるで、繰り返しものを作る職人さんが、手仕事に熟練する時のようです。

地域の図書館のおはなし会（幼児の時間）でも、始まる時に担当のKさんが一ヵ月間、毎週同じ絵本（月刊こどものとも０１２）を読みます。繰り返すたびに、言葉のおもしろさに気づいたり、絵から新しい発見をして驚いたり、子どもたちの見えない部分から持ち前の感性を引き出したりします。繰り返してみると、子どもたちがすぐれた絵本を教えてくれるのです。

でも大人になると幼な子と違って繰り返して楽しむことがわからなくなって、おっくうになってしまうものですね。

図書館関係の全国学習会に参加した時、おはなしボランティアの方が、保育園でしているおはなしや指遊びが種ぎれになったと話していました。何とか子どもを楽しませてやりたいという思いから手を変え品を変え努力しているのでしょう。という私も先日、半年ぶりにM保育園の二～三歳のクラスに行った時、こんなことがありました。

前回は、くまの人形を袋の中に入れて「ととけっこう」で起こすことから始めたのですが、今回は、うさぎの人形を入れていきました。子どもたちの前に座ると、みんな顔を輝かせて「あの中にくまさんが入っているんだよ」とつぶやいています。子どもたちは期待して「ととけっこう」を歌いました。ところが、うさぎが出て来たものですから、どの子の顔にもがっかりした表情が浮かんでいました。もしくまさんだったらその日のおはなしの絆はもっと深く結べたことでしょう。やはり、私も大人のサービス精神が働いて、繰り返しながら成長する子どもの心がみえず、食い違っていたのです。

その園では、長い間かかって定着したのが毎年同じ劇をして、家の人たちに見てもらうことだそうです。どの子も繰り返し読んでもらう『おおきなかぶ』『てぶくろ』『三びきのやぎのがらがらどん』それに日本のはなし『かさじそう』など、昔ばなしばかり。繰り返し繰り返し語られて生き続けてきたおはなしだから、繰り返し繰り返し楽しめるのでしょう。

先生方にとっては、毎年同じおはなしだから、一人ひとりの子どもの姿や特徴がよくみえてくるのです。「同じはなしでも、決して同じにはならないから、おもしろい」と話してくれました。

空回りでなく、惰性でなく繰り返す中で、高められていく幼い子どもたちを見ていると、春から夏へ、秋から冬へ繰り返し巡ってくる季節のように、不思議な魅力があります。その魅力は私たちの生命の中にある大切なものを引き出し、輝かせてくれるように思えます。

こぶとりじい

子どもの頃、「きつねのよめいり」という話をだれがしてくれたのか思い出せないのに、よめいりの行列の灯は、確かに見た覚えがあります。

夕やみが迫り、やみに包まれそうな山麓に、少しかすんだ灯の行列。怖さも手伝って、子どもの頃の私は、身を固くして、その美しい不思議な小さな灯をじっと見ていました。灯のむこうには嫁に行くきつねの姿と明かりを持ったたくさんのきつねがいました。こんな光景が、映像のようにぼんやりと浮かぶのです。

現在、その山並みの中腹を、高速道路が走っています。到底きつねのよめいりの行列は通れないでしょう。

九年程前のことになりますが、亡父の新盆を迎えた時、きつねの明かりのことを思い巡らしました。

私のふるさとでは、墓から家まで（遠い家は、途中を省くのですが）篠竹の先にろうそくを差し、道端に立てるのです。あの世から初めて帰ってきた人が迷わず家に帰れるようにというわけなのです。

父の時も土地の風習に従って点々とろうそくのついた竹を立てました。暗くなってきた山道にぽっぽっとついた光の道を見た時、子どもの頃の「きつねのよめいり」の灯は、もしかしたらこの灯だったのかしらと思いました。だからといって、私の内面で絵のように焼きついた「きつねのよめいり」というものがたりの世界がホントだったとかウソだったたとかいうような端的なものではありません。

新盆の灯に出会ったことも含めて何十年もの間、心に住みついた「きつねのよめいり」は、心の潤いであり、美意識であり、幻想のすばらしさであったと思います。これからも消えることのない世界に違いありません。

このお話の他にも、子どもの頃、繰り返し聞いた昔話は、私の半世紀の人生の中でも、繰り返し繰り返し現れています。

「こぶとりじい」のお話もそのひとつです。「こぶとりじい」には、二人のこぶじいさんが出てきます。踊りが好きで上手な爺さんは鬼に喜ばれ、こぶを取ってもらいました。ところが、隣の欲張りじいさんは踊りも踊れないのに、鬼どもの輪に飛び込んで、結局こぶを二つつけて山からぼんぼりぼんぼり逃げ帰ってきました。

子どもの頃には、この話を多少緊張しながらもおもしろく聞きました。今も、私が幼い子たちに語ると、子どもたちは、自分も話の中で踊ったり、めちゃくちゃに踊る隣のじいさんの踊りに笑いころげ、満足そうな様子です、それに、話を聞いたあとで、こぶを作ってしまったとき、「こぶじいさんだ！」と言います。私も近所に住んでいたこぶのあるおじいさんに会うたびにこのものがたりが背景に現われました。そして、私の心の中で、繰り返し現われるたびに同じものがたりでありながらいつも違った姿を見せ、イメージもふくらんでいくのです。

ある時には、どうして隣のじいさんは踊れなかっただけで、こぶが二つになったのだろうか。同情したり、考えたり。体験と重ね合わせて解釈してきました。普段、いろんなことに失敗の多い私にとって、こぶじいさんは必要な時に現われてくれる嬉しい存在です。

最近では、いろんな人に頼まれてある役を引き受けましたが、それはとても大切なことだからとか、だれかがやらなければとか、自分に言い聞かせ頭で考えたことだったので、心が伴わず、数年苦しみました。すると、ある時、こぶじいさんが現れ、自分のこぶに気付き、失敗と照らし合わせて、考えさせてくれました。解決方法も示唆してくれたように思えます。

この体験の後、こぶを二つ付けて逃げ帰った隣のじいさんへの思いが変わりました。「さあゆうべのようにおどれおどれ」と期待されても、隣のじいさんは踊ったことがなかったのですし、好きでもなかったことをやったのですから、踊れなくて、こぶをもらって当然。かえってよかったではないか、失敗し悲しまなければ出会えなかった自分の気持ちや感じ方。ものの見方が広がったのだからと。自分の体験が、また、こぶじいさんとの付き合い方を深めさせてくれたのでした。

先日も昔話を語ってくれた九十六歳のはるさんが、「貧乏のどん底にいた時も金持ちになる話を聞いたり語ったりしたから耐えられた」「しゅうとにいじめられた時も敵討ちの話があったからやってこられた」と話してくれました。話だからどんな極端でもよいし、話の世界があるから人は繰り返し語って心のバランスをとってきたのでしょう。

今、子どもたちを取り巻く環境は、ともすると「そんなことは『はなし』だけだろう」

という扱いをされて、すぐ役に立つ実利的で特効的なことばかりに取り巻かれています。

でも、実際には、満たされるものを求めていますし、心のバランスが必要です。

いつの世にも必要な大切なものを繰り返し育み、子どもたちに手渡すことを忘れないでいたいものです。

娘とのものがたり

～一瞬のとき～

子どもの頃、おはなしの主人公になりきって、ファンタジーの世界にすっぽり入っていた「時」と同じ「時」が、天命を知る年齢の私の現実にありうるなんて思いもよりませんでした。ある一瞬からこの世の時間の流れが止まり、昨日とまったく違う世界が見え、違う音が聴こえてきました。

私にとってその一瞬というのは、二十三歳の娘の突然の死に遭遇したことでした。

ついこの間、といっても鈴蘭が美しく咲いていた頃のことです。

「お母さん、見て！」と娘は廊下から部屋の中の私に声を掛けました。娘は、黒っぽい地に白いすずらんの花がプリントされている透き通るように軽やかなドレスと白い小花で飾られている靴を履いて立っていました。ちょっと動くとスカートがふわりと揺れて初夏のお花畑のようでした。「あら、珍しい洋服ねぇ」と私が言うと、娘は「何々のお祝いパーティがあるのよ」と満足そうに笑って、子どものように階段を駆け上がって行きました。

就職して二年目の娘の給料で買ったそのドレスと靴は、それっきり娘の身には着けられていません。

その直後、土曜日から日曜日にかけて、いつも忙しい娘が珍しく家に居ました。風邪からの頭痛だったようです。「治さないと来週の予定に困るので」と言って、鎮痛剤をのんで部屋で音楽を聴いたり本を読んだりしていました。日曜日の朝、頭が痛いと言いながらも食事は一緒にとりました。

ところが夕方、私が気づいた時には、娘は苦しんでもがき、吐き、真っ青な顔をして、「ああ、もうダメ」と言っていました。一人でどれほどの痛みに耐えていたのでしょう。病院へ行き、医師の診断で点滴注射が始まると、私はほっとして、いったん家に戻りました。

三～四時間して、けろっとした娘の顔を想像しながら、迎えに行った私は、驚きのあまり声も出ませんでした。娘の視線と私の視線は重ならないのです。娘の瞳は遙かかなたを見ているのです。

娘は大きな声で「たすけてくださーい。おかあさん、たすけてぇ」と二～三度叫びました。その声は、暗闇から叫んでいる幼い頃の娘の声でした。私が手を差しのべても、ちょうど風船がふわりと空に舞い上がってしまった時のようで、娘には届かないのです。それから娘は、身体をよじり、もがき、そしてダンスのしぐさのように両手で宙をまさぐり、何かを求めながら、やがて苦しみのない寝顔になっていったのでした。

救急病院で最善の処置がなされたものの脳圧は下がることなく、翌日には、娘の脳細胞はすっかり菌に侵され、働きを失っていたのでした。

娘のあたたかい手は、身近な人たちやたくさんの友だちの手で握られ、祈られ、励まされました。私は、娘をきれいに拭いてやりながら、私の生命を引き継いでくれた娘なのだから、私の生命がある限り娘は存在しているのだと思いました。

死を告げられた時も、これで終わりなどと思えなかったのです。

私は、すべて娘の望むようにと、白いドレスを着せ、ベールをつけて、シンプルな花嫁の装いにしてやりました。白雪姫のように、白いひつぎの中で眠っている娘の顔は、美しいほほえみさえ浮かべています。今にも起きだしそうに見える娘に、それはそれは多くの方々や友人たちの心が注がれ、娘の感覚にぴったりかなった儀式が行われました。

こうしてペンを執って、何とか五十日ほど前を振り返ることができました。思えば、死という厳粛な一瞬から、娘は私であり、私は娘となって、この世の時間を遙かに越えたものがたりの世界を歩んでいたのでした。

私はあれからずーっと、一千年前、死者の魂に捧げられていた祈りの歌を聴き続け、たくさんの花に囲まれ、美しい花の短い生命に触れ合っています。そして、弱さが弱さに、悲しみが悲しみによっていやされる体験をしています。そっと心に寄り添っていてくれる人のやさしさや、姿は見えなくても祈り、見守ってくれている方の眼差しが感じられます。

二十三年の娘の人生は、私の心の中で再現され、かつて娘の誕生によって、よみがえった私の幼い魂は、三たび戻ってきたように思えます。娘とのものがたりの旅は、私の死に至るまで続いていくことでしょう。

娘の成人前の詩の一部には、

もし見渡す限りのお花畑が私だけのものだったら
一日中お花の中にうもれて眠りたい
もし私が自由に空をとべたなら
雲のベッドで眠ってみたい（略）
鳥と友だちになりたい（略）
もし三つだけ願いがかなうなら
美しくなりたい
永遠の平和がほしい
そしていつまでも終わらない生命がほしい

とありました。

娘の願いが天の国で、こんなに早くかなってしまうなんて思いもよらぬことでした。

～贈りものと共に～


娘（摂）との二十三年間のものがたりは、誕生の感動から始まりました。

神戸の海の見える病院で、娘は勢いよくこの世に飛び出そうとしました。看護婦さんがあわてて「ちょっと待って！まだ出てきたらダメよ」と言って、私の体位を変え、昼食に出掛けた医師を手分けしてさがしました。

K先生が病室に駆け込むと間もなく娘はこの世に現れました。

「元気な赤ちゃんですよ」。そう言われて出会った小さな生命の存在に、ただわけもなく涙があふれ、言葉にならない感謝の気持ちがわき上がってきました。この至福の時が、娘との揺るぎなき絆になったのだと思います。

盛んに手を振り回す娘に、K先生はにこにこしながら「げんこつちゃん」と呼びかけてくれました。兄の「理」に加えて娘を「摂」と名付け、二人で摂理となりました。

摂は私の内から、生命を慈しむ愛の心をぐいぐい引っ張りだしてくれる積極的で感情豊かな赤ちゃんでした。摂のみずみずしい生命は「神さまからの贈りもの」。私は大きな生きる力を与えられたと思いました。

折しも病院ではマリアさま召天の行事が行われていました。

それから、二人の子どもと共にクリスマスを迎える時期になると、クリスマスは愛の日。なぜなら御子イエス・キリストの誕生日なのだからと我が子とも重ね合わせて特に誕生の喜びを意識するようになりました。

でも今年のクリスマスはいつもと違います。なんと私の五十三歳の誕生日に、摂の突然の死が宣告されたのです。現実として受け止められない中で、クリスマスには「誕生」だけでなく、同時に「死」も含まれていたことを知りました。イエス・キリスト誕生の時の贈りものの中には、死者への贈りものが入っていたのです。

占星術の学者たちが「ひれ伏し幼子を拝み、宝の箱を開けて、黄金・乳香・没薬を贈りものとして捧げた」（マタイ・2・11）と聖書に書かれています。没薬は死体に塗るものなのだそうです。考えてみれば十字架のイエス・キリストなくして、クリスマスの愛は生まれなかったのです。

生命を授かった者には必ずやってくる死。摂の死から、現在百日目を迎えたところですが、冷静に客観的に伝えようとすると、私は呼吸が苦しくなってしまいます。

摂自身もなぜ二十三歳で死を迎えることになったのか、きっとわからなかったことでしょう。

ちょうど花が咲いた時のように、摂は幸せいっぱいで、共に歩もうと決めた彼と、まさに新しいものがたりが始まるところでしたから。

「人は心に自分の道を考え計る。しかしその歩みを導く者は主である」（箴言16・9）

以前、N子牧師が贈ってくれた聖句を思いだしました。でも、なぜ、私でなく娘の死だったのでしょう。

私は計り知れない大きな力に茫然としていましたが、摂の死の二週間後にこんなことが起こりました。

夕食の時間に私の体はふわふわと空気のように軽くなって目まいがしたのです。倒れて横になると動悸が激しくなりました。呼吸ができなくなって苦しさが増すにつれ、しびれが広がり、やがてけいれんが起きだしました。救急車で運ばれ、耳に飛び込んでくる音が、かすかになると、私の体の中を風が吹き抜けたように感じました。一瞬のことだったのでしょう。頭脳はきわめて冷静に働き出しました。「死ぬってこんなに簡単なものなのか、摂っちゃん、もう迎えに来たの?ああ、まだしなければならないことが……」娘のためにしてやりたいことが一つひとつ鮮明に浮かびました。それから鉛筆画のようなユリの花がよぎりました。

気がついた時は、病院で処置されていました。わずか三〜四時間のことだったのですが、私はこの体験で娘の生命が死に直面した時感じたであろう不安や恐れ、悔しさを少し分けてもらえたように思えました。

誕生からはじまった摂の人生のものがたりは、死を迎えて終わることはありませんでした。生命が生まれる以前の世界で、共に歩んできた日々の中で、私は娘の魂と再会し、別々に歩むはずだった未知のものがたりはひとつになって、クリスマスのような愛の心をはぐくみます。家族や摂の親しかった人たちが、悲しみにうちひしげられても心の中には、摂の続きのものがたりが繰り広げられています。生きていた時と同じように、人と人とのつなぎ役になり、うるおいになって、まるで香の煙のゆらぎが波を描くように現れます。「死」は壮大なドラマを持っています。私たちの想像力をかきたてます。

摂のベッドには激しい頭痛の中で、死ぬ直前に折ったらしい赤と空色の鶴が置いてありました。死への不安なのか、鶴に託した未来への夢なのか、摂らしい周囲へのいたわりなのか、いずれにせよ祈りの心には違いありません。ひとことも話す間なく逝ってしまった摂の言葉です。

今日も、摂の写真の前で二羽の折り鶴は羽ばたいています。

~風になって~

何百年もたてば私という人間が存在していたことを
誰も知らない時がくる
私という人間は　とってもとっても小さな存在
だけど　こんなに悩んで一生懸命生きています

娘（摂）が十九歳の時、日記に書いたことばです。二十三歳で急逝することがなければ、目にすることもなかったでしょう。

友人たちは口々に「摂ちゃんが逝ってしまったら、本当に大きな存在だったことがわかった」と言います。摂の姿が眼の前から消えて、見えなかった心の部分が、もっとはっきり見えてくるのかも知れません。

人生は、たった一度っきりだから、
いろんなことを体験したい
いつかおばあさんになって過去をふり返ったとき
後悔だらけの人生には絶対したくない
せっかく授かった命だから
大切にして生きていきたい
生きなくてはいけないのではなく
人間は生かされているのだということを忘れちゃいけないよ（摂十九歳）

こうした摂のことばは、これからもずーっと摂の声になって、家族や友人たちの心に響いていくに違いありません。

私は最近、今もなお「摂は生かされている」と思えるようになってきました。

私の心の中で生きている摂は、私を生命の源や宇宙のはじまりまで連れていきます。「光あれ」と神が言われたから宇宙の起源があったと、科学では説明できないことを、語りかけてきます。

「地は、それぞれの生き物を産み出せ。家畜、這うもの、地の獣をそれぞれに産み出せ。」（創世記）と神が言われたように、私たちの体も実際、土で作られていること、私たちも宇宙の起源から始まった美しいものがたりの中に今いること、そして、夕焼けの大空を仰いでいると「私たちの体は土になりやがて空気になり風になり雲になって流れていくこと」を語り続けています。

私は摂によってこの世の生命の循環をゆっくり思い巡らせることができました。

この連載を三回書く半年間に、私の心は少しずつ昇華され、摂が生かされ、私も生かされています。

時は、大いなる力で確実に私たちの生命のものがたりを一頁ずつ繰っていくようです。

私は娘とのものがたりの展開を、周囲の対象を通して感じさせられています。

たとえば、摂が幼い頃から大好きで一緒にたのしんだ絵本『わたしとあそんで』（マリー・ホール・エッツ文　絵　福音館書店）を開いてみると以前とは違ったものがみえてきます。

主人公の女の子「わたし」が、はらっぱの動物たちに「あそびましょ」と声を掛けるとみんな離れて行ってしまいますが、これまでは、待つことの大切さが描かれていたから、みんな戻ってきて幸せになれたと思っていました。でも、女の子は決して意図して待っていたのではなく、生きものが一生懸命生きている自然の中に融け込み、そこの空気になっていたから、無心に生きていたから、あの喜びが訪れたのだと思いました。女の子と摂が重なり合って新鮮に感じられました。

先日、夢で不思議な体験をしました。

朝の光が窓辺に差し込んできた頃、私は摂と鏡の前に座っていました。本当に久しぶりに肩を寄せ合って、あまり大きくもない鏡の中を覗き込んでいました。

「お母さん、私きれい？」

「うん、きれいよ」

摂の顔をチラッと見ながら、たわいない会話をしていました。何と安心した気持ちでいられたことでしょう。摂が横に座っているだけで。摂の体温も息吹も感じつつ、その時間はゆっくり流れていました。

突然チャイムの音がしました。私はハッとして摂の方を向きました。

「あらっ、どうして？」と思う一瞬に、摂は煙のように消えていきました。そこに摂の姿が見えなくなってもしばらく存在感だけは残っていました。まるで現実のようで、うれしくて飛び跳ねたい気分でした。

その日から、もう何の悩みもない世界にいる娘が「きれい？」と言ったことが私の心にくっきり刻み込まれていました。

この「きれい？」は、朝の光に輝くつゆや澄んだ空気、それに宇宙からみた「地球は、きれい」という、美しさなのだろうと思います。娘がきれいで心地よかった夢の一瞬を私は忘れないでしょう。

娘とのものがたりが、やがて風になって、どこまでも流れていく時にも、生きものが生きていける「きれいな大気」と「美しい緑の大地」はいつまでも必要だからです。

モミの木

「本番です」「ジーン」

私は、身の引き締まる思いで暗転の舞台右手にあるマイクの前に立ちました。

左手からは、澄んだオカリナの音色が聴こえてきました。曲は『精霊の森』。打楽器やキーボードの伴奏が加わり、音色は森の風になって、ほぼ満席（五百席）の客席に向かって流れ始めました。暗い会場が森の雰囲気に包まれた頃、

「おーい、モミの木、今どこにいるの？」

突如、私の声が神秘的な曲の中を突き抜けていきました。そのとたん、正面に大きな森の絵（バーナデッド・ワッツ画）がスライドで映し出されました。

「森の中にいますよ」

モミの木になったつもりで、私は答えました。次の画面（題名のTHE FIR TREEとモミの木を跳び越えているウサギの絵）に変わると、フルートの山田先生によるこのものがたりのオリジナル曲が静かに流れ始めました。

同時に小さな照明が舞台右手にさすと客席からは、緑のショールを羽織った語り手の私が見えて、音楽とスライドと語りによるアンデルセン作の『モミの木』が始まったのでした。

子どもも大人も音楽に導かれ、おはなしの世界で生命がひとつになって呼吸しているようでした。魂のふれ合いの中で、私でないだれか大きな力によって語られていたように思え、不思議な感じがしました。

こんなすてきな一瞬になったのは、きっと、このコンサートにたくさんの「思い」が詰まっていたからに違いありません。

では、どのようにして行われたのか、こぼればなしをお聞き下さい。

『小さな小さな音楽会』を主宰する山田先生とそのお仲間が「音楽は身近なところで楽しんでもらいたい」「子どもたちも気軽に音楽会に参加できるように」と願って行っているものなのです。特に小さい子どもにはものがたりが必要。それでスライドと語りと音楽を組み合わせているのです。私も共感し語りの役で加わるようになりました。

ところで、昨年私は娘の急逝で日常が急変していました。それでも音楽の持つ力と人の心の応援歌、そして心の奥底では娘に捧げる思いによって、この会にまた参加するようになったのでした。

まず、一番肝心だったのは、何を伝えたいのか、どんなものがたりを選ぶかでした。クリスマスイヴに行うものでしたから、内容はさらに限定されていました。

なかなか音楽と共存できるものがたりは見つからず、とうとうある日、私は童話屋さんに一日すわり込み、クリスマスに関する絵本を読みあさりました。

その時、『モミの木』という絵本が私の手をぐいっとつかんだように感じました。このおはなしは、モミの木の「早く大きくなりたい」という願いと、クリスマスツリーになった幸せ、でも、その後投げ捨てられ、薪になって燃やされる「死」。人の一生のようであり、自然の生命そのものでもあるのです。

「死」があって今ある生命の大切さが感じられること。写真家星野道夫さんの死のあとの映画『地球交響曲』や娘が突然いなくなった日、を想わせられました。そして『モミの木』が一番幸せだった時につけていた「クリスマスの星」は、子どもの胸に付けられて、生命の継承があって、ものがたりは終わっています。子どもに伝えたい私たちの思いが詰まっていました。その後にも、候補作品は出ましたが、このおはなしに決まったのでした。

ワッツ絵のスライド、山田先生の作曲。挿入した音楽は、言葉の奥にひそむ祈りや夢、自然の美しさ、哀しさや喜びの感情を豊かに表現しました。

作品の方向が決まると、次の取り組みは聞き手とのつながりでした。子どもたちにおはなしを語っている車椅子の岸野洋子さんに「車椅子を贈る会」と協力し合う動きも加わり、チャリティコンサートになりました。

すべて手作り。チケットやビラのデザインや印刷。モミの木の形をしたバッチやタペストリー。輪は大きく広がり、チケットは主旨を理解してくれた仲間から仲間へ。口こみで手渡されていきました。今、私たちの周囲で心をかけ協力し合って作り上げることが少ないので、この協力の輪は愛の結晶のようでした。そして、たくさんの出会いと交流があって盛会のうちに終了したのでした。

参加した人たちから「会場に入ったとたん、あったかい雰囲気だった」「赤ちゃんも二歳の子もじっと聴いていた」「今、自分の生きているところを大切にしたい」などの思いが寄せられ、おまけの喜びも味わいました。

最後の場面は、モミの木の切り株と星を見ているウサギのうしろ姿でした。春には、根っこから新しい芽が出ることでしょう。

会場に飾ったモミの木は、これから娘を納骨する山肌の墓に植えるところです。あったかいお陽さまの光の中で、すくすく育つことを願いながら……。

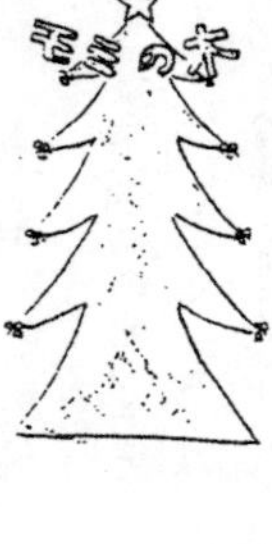

うたうふくろ

娘がまだ小学一年生の頃のことです。寝る前のおはなしタイムに、ある日、私はスペインの昔話『うたうふくろ』を読みました。読み終わったとたん、娘は
「お母さん、おねがい、そのおはなし覚えて！」
と言いだしました。

この話は、手のひらに乗るくらい小さい『おはなしのろうそく5』（東京子ども図書館編）に載っていました。ベテランの図書館員の方々が子どもたちに語っている話（昔話や創作など）をよりすぐって収めているものなのです。

娘が「覚えて！」というのはテキストを見ないで「語る」ことなのです。「うたうふくろ」がどうしてそんなに気に入ったかというと、「かわいそうで恐い話」だからです。おまけに歌もあるし、話全体に深い愛情が感じられるのでしょう。

どのような筋かと言いますと
「あるところにお母さんがいて、ひとり娘の小さな女の子をたいそうかわいがっていました。ある日、女の子が水くみに行った時、そこにいたこじきにいきなり袋の中にほうり込まれてしまいます。そして
〈うたえふくろよ。うたわんか！さもなきゃおまえをしめころす！〉と言って、家から

家へ歩きます。女の子は泣き泣き〈私は行ったの水くみに……〉とうたうのです。歌に主なストーリーがあるのです。こうしてある日、こじきが女の子のお母さんのところに行くと、お母さんはその歌が自分の娘の声だと気づきます。お母さんは知恵を使って、袋の中から女の子を出して代わりにイヌとネコを入れておきます。おしまいに、袋の口から勢いよく飛び出したネコは、こじきの目をひっかき、イヌはぱくりと鼻をかみ切ってしまいましたとさ！」で終わっています。

娘に「覚えて！」と言われてもすぐに「うん、いいよ」とは言えず、顔を見ました。

「だって、この話恐くない？」

「おもしろいよ」

そういえば、娘ばかりでなく、この年齢の子どもたちからよく「恐い話をして！」とせがまれます。恐い話を求める子どもたちは、恐さに挑戦する強さを持ち始めています。生命の中に、強くなりたい、前に進みたいといった苦難や恐さを乗り越えるエネルギーがあるのでしょう。恐いから、おもしろいのです。

娘にも恐さを習いに行く心の健康さが芽生えていたのだと思いました。

この話の一部分だけ、例えば「さらわれる」や「目をひっかく」を取り上げたら、ギョッとする話です。でも、ストーリーの中では、当然起こりうる場面で理屈にあった結末なのです。「こわいけどおもしろい」のは、そのおはなしの主人公になって、おはなしの世界を旅すると、恐さを乗り越えて一歩前に進む勇気や智恵が与えられるからでしょう。

そして、歌があるので、おはなしが一層心地よいのでしょう。

でも私がうたったのは日本語のアクセントそのままにリズムをつけただけ。ちょうど「わらべうた」のように、語るようにうたったのです。とっても単調で二～四音域くらいの音で。

娘はすぐに覚えてしまって口ずさんでいました。もう歌も変えられません。

「まあ、いいか」と私は、娘に「覚えて語る」約束をしました。さっそく台所に立ちながら、道を歩きながら、頭の中でストーリーを絵に描きながら、声を出して練習しました。まず最初に自宅で開いていた「文庫のおはなしの時間」に語ることにしました。

娘は友だちと一緒に待っていました。私が語り出すと、「あっ、ちがう！」とほんのちょっとの言葉の違いにも気づきました。小さい時は耳で聴いた言葉をすぐに覚えてしまいます。

こんなことに出くわして、私は言葉の一つひとつをいい加減にしてはいけない、美しい日本語を手渡したいと思うのです。

一緒に聴いていた子どもたちも、特に歌の部分で集中し、娘と同じように身を乗り出して、「うたうふくろ」の女の子になっていました。

おはなしが終わったとたん「ふー」と緊張感が解けて、「おもしろかった！」という声がしました。

でも、そこにいた大人はギョッとした顔をし、子どもたちとの違いがはっきり伝わってきました。

娘にせがまれて何度も語っているうちに、私もこの話がお気に入りの一話になったのです。

それから十数年後、成人した娘が家庭教師をしていた時のことです。小学三年生の女の子に「お話してやろうかな」と言って『おはなしのろうそく』を出してきました。声を出して読み始めたのを聞いて、私は思わず笑ってしまいました。

「うたうふくろ」の歌も、昔、私が娘にうたったのとまったく同じ。単調な節でうたっているではありませんか。

娘は生徒の女の子がとっても喜んで聞いていたと話してくれました。

きっとその女の子の心の中にも娘のお話の灯があったかく伝わったのでしょう。そしていつの日かまたその女の子が「うたうふくろ」を口ずさむ時があるかも知れませんね。

変わるもの　変わらないもの

娘（摂）の死から一年経ったつい最近、『美しいいのちからものがたりが生まれる』（落合摂&美知子著　エイデル研究所）という本を刊行しました。

ところで、娘の部屋のドアを開けますと、まだ一年前と同じ匂いがし、枕元の時計は止まることなく時を刻んでいます。部屋の隅のバックは、今置いたばかりのようで、使われるのをジーッと待っているように見えます。私も毎日、声を掛けますが、返事は聞こえません。

でも、出来上がった本の扉を開くと、文字の中から娘の声が聞こえてきます。言葉の持つ力を改めて見直しているところです。

その本というのは、二十三年間生きた娘自身の言葉（人に見せるものでも、本にするためでもない心からこぼれたもの）を、日記や文集から拾い集めて小さな器（本）にそっと入れ、共に生きた友人や家族の言葉を添えたものです。娘の言葉を成長に添ってたどってみると、確かに生きた「生命の輝き」が感じられ、誕生から成人までのものがたりになっていました。

娘は、乳幼児期から土と緑と太陽と、そして子どもの本に囲まれた環境の中で育ちました。

ある日、従姉妹のかほるちゃんと庭の隅っこで
「大きくなったら、せんたくかあちゃんになろうね」

「うん、やくそくだよ」

と、指切りをしていました。

私が二人に、何でもどんどん洗濯してしまう大らかで楽しい『せんたくかあちゃん』（さとうわきこ作　福音館書店）を読み、一緒に楽しんだばかりだったのです。

このように、絵本の世界で夢を広げていましたが、大人になるとほとんど覚えていなかったようです。

しかし、成人した時の源になっているのは、幼児期であることを娘の言葉が伝えているのです。

たった一つの地球
いくつもの民族
たくさんの国々
その中の一人一人

言葉も違う
肌の色も食べ物も生活だって違う

だけど
みんなみんな一生懸命生きています
幸せを求めて平和を願って
一日一日を大切に過ごしています
〔摂二十歳の時の文・『美しいいのちからものがたりが生まれる』より〕

「生命のすばらしさ、大切さ」が散りばめられている本となりました。

私はなぜ突き動かされるような思いで、この本を作ったのかを振り返ってみました。

多分、私の無意識の底では、いつまでも娘を生かして欲しいという「永遠に変わらないもの」を求めていたからでしょう。また、「死」によって私たちの周辺が「変わること」に次々出会ったからでしょう。

娘を天に送った日、夜床に就いても体は揺れていて支えてくれるものがありませんでした。時々地の底から引っ張られるのです。傍らにいた母がそっと手を握ってくれて、三日目には大地に横たわれる安心感に浸ることが出来ました。

白い花は心地よくても色のついた花には、体が拒絶反応を示しました。何と言っても自然の中の木々や川の流れや鳥の声が一番でした。

音楽もグレゴリオ聖歌以外受け止められず、しばらくは香のゆらぎのような祈りの歌にいやされていました。やがて器楽の演奏も耳に馴染むようになったのですが、最初はチェロが一番心地よく感じられました。

私の感覚が日増しに変わってきたのは、背後に娘の心と真正面から向き合っていたからだと思っています。

本作りをした三ヵ月ほどは、小さい頃の娘としっかりと手をつないで歩いていた時のように、互いの魂がぴったり寄り添って旅を続けているようでした。しかも、人間の力の及ばない「永遠に変わらない生命」に支えられていたように思えるのです。そして、娘の好きだった『星の王子さま』の

「心でみなくちゃものごとは、よく見えないってことさ。かんじんなことは、目に見えないんだよ」

「星があんなに美しいのも目に見えない花が一つあるからなんだよ」

が、娘と私の合言葉になっていたと思うのです。

さてさて、どれだけ目に見えないものが感じられる本になったことでしょう。

いずれにしても、一冊の本が誕生するまでの日々すべてが、娘からの贈り物だったと思いました。

表紙も内容も手作りの心、編集者の深い愛情も隠し味になっている本。もし手に取って下さる方がいたら、娘はその方とまた新しい旅に出るのかもしれないと思っています。

遠いところ

私はふっと「遠くへ行ってみたい！」と思いました。そう思ったのは、天の国の娘のことをいつも考えているからかも知れません。

「天国はどこにありますか？」

母校で行われた召天一周年の追悼ミサで、神父さまが言われました。

「天国は、私たちの心の中にあります。摂さん（娘）は、私たちの心の中にいます」と。

一番遠いところ（天国）というのは、一番近いところにあるのかも知れないと思いました。

「遠くへ行きたい」という私の思いに具体的なイメージが湧いてきました。

「そうだ！遠野へ行ってみよう」と思いました。もちろん、地名の文字が遠いからではありません。私にとって遠野はそれ程遠くない距離でありながら、現実から懸け離れた遠い世界が存在するのです。

ゆったり流れる川や田んぼのあぜ道で、かっぱや座敷わらしに会えそうな気がするのです。

初夏のある日、私は遠野物語の国へと向かいました。花巻から釜石線に乗ると、電車は緑の中を突き進みます。電車の中まで緑の風がいっぱいになって、私もその空気に染み、遠野へのプロローグは静かで心地よいものとなりました。遠野に近づくと、遠い記憶に迫っていくような懐かしさが感じられました。

遠野駅に下り立つと、私はとおの昔話村に向かいました。土地の語り手が昔話を語っているのです。その日の語り手は、阿部ヤヱさんでした。前もって「お会いしたい」と連絡しておいたので、迷わず部屋に入って行きました。

ヤヱさんが笑顔で迎えてくれて、さっそく語りの時間となりました。

まず、赤ちゃん（ぼっこ）を眠らせる遠野の子守り唄をうたってくれました。赤ちゃんは藁《わら》で編んだ「えんつこ」という丸いカゴに入れられて、揺らしながらうたってもらったのだそうです。

よいだらさのやぇ
やんさやめでもよぉ
泣く子ばだましぇやぇ
万の宝よりなぁ
子は宝だよなぁ

「泣く子にはどんなに忙しくてもあやしてやれよ。万の宝より子は宝だよな」という気持ちでうたわれてきたといいます。ヤヱさんもゆったりと澄んだ声でうたってくれました。

私はまるで自分が「えんつこ」の中で揺すってもらっているような気持ちになりました。そして、だんだん胎内に戻っていくような不思議な安心感を味わいました。「豆っ子ばなし」やいくつかの昔話も、聞きました。遥かな記憶が呼び戻されて、癒されました。

遠野の懐かしさは、ゆりかごであり、母の胎内であったのかと思いました。

遠野に滞在した三日間、私は毎日ヤヱさんとお会いして、幼い頃からのわらべうたや昔話の体験をお聞きし、教えてもらいました。そして、私は、いつの間にやらヤヱさんの心の中を旅していたのです。向き合って語り合いながら、ご先祖や遠野の歴史をさかのぼり、随分遠くまで旅に出た思いがしました。

一番印象に残ったものは、伝承されてきたわらべうたのかずかず。それらは、子どもを育てる愛の術《すべ》であり、子どもにとっては「生きる力」になってきたことでした。

「昔も今も、子どもを育てる上でいちばん大切で、またいちばん難しい問題は、子どもが、生きることに意味を見出すように、手助けしてやることである。そのためには、成長過程でのさまざまな経験が必要になる」（『昔話の魔力』ベッテルハイム著より）

昔話はこの文のような役割を子どもたちに果たしていますが、わらべうたもまったく同じでありました。

赤ちゃんに「ウンコー」と語り掛けると、赤ちゃんが「ウンコー」と答えます。生まれて間もない赤ちゃんも赤ちゃん自身の経験によって成長過程を踏んでいきます。

とかく私たちは赤ちゃんの顔に触れたり、頭をなでたりして、自己満足の愛を振りまいてしまいます。

赤ちゃんが真似たり、自分の意志を伝えたり、成長に従って巧みな力を発揮することの出来る遠野のわらべうた。科学的と思われるほどの役割にふれることが出来ました。興味のある方は、阿部ヤヱ著『人を育てる唄』(エイデル研究所)をご覧下さい。

ヤヱさんは子どもの頃、いつも「豆っこばなし」を聞かせるお爺さんに「なぜ、同じ話ばかりするのか?」と聞いたそうです。するとお爺さんは「この話を聞けば昔話は全部わかる。何を教えているのか感じとることが大切なのだ。」と説明してくれたそうです。私も普段、子どもたちが繰り返し体験することを大切にしてきたので、わらべうたや昔話の数がたくさん必要な訳ではないことを再確認しました。

遠野でもこうしたわらべうたや昔話がやがて消えてしまうのでしょうか。次の世代に伝えられるように願わずにはいられませんでした。

私は、河童淵や五百羅漢の前で遠野の空気を存分に吸い、遠い世界に浸りながら、結局日常のあり方を見直していることが、おかしく思えました。

遠いところはやはり近いところでした。

日記

私の日記帳は、白いページばかりが目立ちます。毎年、付け通せないのに年の瀬が迫ってくると、やっぱり日記帳を買ってしまいます。十数年来、決まって横書きの「ＤＩＡＲＹ」（博文館）です。金沢市に住んでいた頃、エッセイストのＳさんが、この日記帳を使っていたからです。

Ｓさんは、いつも日記帳を持ち歩いていて、心にとまった言葉をさらりと書き込んでいました。広げられたページには、芸術的としか言いようのない丸い味わいのある文字がイラストと共に、縦、横、斜め、自由自在に踊っていました。Ｓさんの手に馴染んでいてまるで身体の一部のような日記帳に一目ぼれしてしまったのです。それから毎年色の違う布張りのこの美しい日記帳が私の机の上にも乗るようになりました。

でもなぜ、年の始めの意気込みは一年間続かないのでしょう。きっと「なぜ日記を書くのか、書きたいのか」いつもあいまいな気持ちだったからに違いありません。

ところで、「摂っちゃんへのメッセージ」と題した分厚い本のようなノートには、この一年余り私の字がびっしり書き込まれました。逝ってしまった娘への語りかけや友人や家族の様子など。書かずにはいられない気持ちをノートに受け止めてもらっていたのです。

日記もこれでよいのだと思いました。つまり、日記に人格が生まれると、魂ごと向き合えて、書くことが喜びになるのだと思いました。

そう思って娘の残したたくさんの日記帳を改めて見直しました。

まず字が書けるようになった小学一年生の五冊の日記帳には「せんせいあのね」と先生に向けて書き、中学年からは「日記ちゃん」という名の友人であり、学生時代には自分自身に語りかけていて、自分の分身という人格が与えられていました。

最近、オランダに行った折りに、『アンネの日記』を読み直してみましたが、やっぱり同じですネ。

アンネ・フランクが十三歳の誕生日にもらった初めての日記帳の冒頭には、

「あなたになら、これまでだれにも打ち明けられなかったことを、なにもかもお話できそうです。どうかわたしのために、大きな心の支えと慰めになってくださいね」（一九四二年六月十二日）とあります。

そして日記帳には、キティという名前が付けられ、いつも「親愛なるキティへ」と書かれています。

ナチス・ドイツによるユダヤ人迫害のさなか、隠れ家の中で、多感な少女期のアンネに、もし日記帳がなかったら、生きていられなかったかも知れません。日記には、

「せめてもの救いは、こうして考えることや感じることを紙に書きしるすことができるということです。そうでなかったら完全に窒息していたでしょう」（一九四四年三月十六日）

とあります。

アンネ・フランクハウス（隠れ家）を訪れると、一家が逮捕された五十五年前の一瞬から時間は止まっているように思えました。

本棚で隠された入口から急な狭い階段をよじ登ると、アンネの日記に記されている以上に小さく感じられる部屋がありました。アンネのベッドの置かれていた壁には、写真や美しい絵はがきが貼られていて、アンネの息吹きが伝わってきました。息をひそめて暮らした人たちを思っていると、隣の西教会の鐘が当時と変わらない音色で響いてきました。アンネの心からあふれた言葉は、教会の鐘のように波うって世界中に広がってきたことを思いました。

その波は、人種差別のみならず、平和への働きかけ、自然保護、教育、オランダの国のカラーとなって、今もなお広がっているのではないでしょうか。

日記を書く一人の人間のありのままのつぶやきが、やがて人間の歴史の大きなうねりになっていくことを思いました。

私たちはこの世に生まれて言葉を耳にし、話し、文字を読み、人と人とのつながりを持って生きていますが、もうひとつ書くことのすばらしさを教えられました。

日記をつけるということは、思考と想像の翼を強め、よりよく生きることへの願いと祈りなのだろうと思います。

本来、人目に触れないのが日記帳ですが、娘の日記帳の一ページ、一ページから、確かに生きた日々が、美しい光となって私を照らし励まします。

日記帳には脈うつ血潮を感じます。

私も新しい年（二〇〇〇年）から、日記帳に人格を与え命名することにしました。

そうすると、真新しいのを手にする喜びがこれまで以上に膨らみ、白いページは人生の可能性に満ちた時に思えてくるから不思議です。

心に響く人との出会い

律子さんと宮澤賢治

目覚めに聴く鳥のさえずりや、やわらかい春の日差しの中でそっと顔を出した木の芽の美しさは、心の奥底まで揺さぶり、私たちの生命を潤してくれる。際立って目立つわけではないが、冬の厳しさをも、そっと生命の中にしまっていて、やさしい響きが伝わってくる。

私や娘（摂）が、これまでに出会ってきた人にも、そんな自然の音色を感じさせてくれる人たちがいる。

まず浮かぶのは、十数年前、北陸の金沢で知り合った細川律子さん。おはなしを語る仲間のお一人。律子さんの語る昔話は、あったかい囲炉裏端に居る心地がする。「ほんとによくきたなす。どうぞ食べてくんなんせ」と手作りのおやつを差し出されたように思える。子どもの頃、岩手のふるさとでお母さんから聞いたという昔っこ。律子さんの語りには、お母さんの声が潜んでいるのだろう。聞き手の子どもたちはもちろんのこと、私も無心に言葉を食べ、幸せな気持ちになっていく。

十年程前に出版された『宮澤賢治の国より』の書名のとおり、律子さんは子ども時代から大学生まで、賢治と同じ岩手県で暮らしている。それでいつの間にやら周囲の方々から、「宮澤賢治の作品を読んでほしい」と言われるようになった。

「最初、私にそんなことできるかしらと思ったの。でも、語ってみたらだんだん心地良くなってきた」と話してくれた。

私も、自宅の「おはなしとおんがくのちいさいおうち」が誕生した折りなどに、何度か「宮澤賢治を聞く夕べ」を開いて、聞かせてもらった。まず、「ああ、賢治も律子さんも同じ岩手の空気を吸って、同じ訛りのある言葉で話していたのだ」と思った。語ってもらった『虔十公園林』や『セロ弾きのゴーシュ』の文章は、律子さんの呼吸にぴったりの長さ。活字ではわからなかった、賢治の生きていた頃の日常の空気や光景が伝わってきた。もちろん律子さんの浮かべる絵は、賢治に近いものなのだろう。そして作品の背後にある賢治の生命（健康や心境や年齢にも）に寄り添っているのだろう。

「雨ニモマケズ風ニモマケズ」が、静かに、ゆっくり、弱々しく律子さんの声に乗せられた時、お馴染みの詩もまったく別の言葉ように思えた。「これは、病床の日々の中で手帳に記したものだから、賢治の遺言だと思っている」と律子さんから聞いて、納得した。私たちの体験と重ね合わせていつまでもかみしめ、味わっていたい言葉だと思えた。

ところで、昨年、律子さんからもらった長い便りの中にこんなことが記されていた。「突然（摂）の悲報があった日、本当に私は気が動転してしまって、その夜、金沢の喫茶店で『セロ弾きのゴーシュ』や『雨ニモマケズ』の朗読をすることになっていたのですが、体がふるえて四十五分の集中に耐える自信がない状態でした。でも、読み始めたら、その場が、突然、十月に伺った『ちいさいおうち』になり、摂っちゃんやみなさんが次々に現れて助けてくれたのです。それが四十五分間、回り灯籠のように何度も繰り返されたのです。（略）助けられて読んだのは、初めてです」私たちの体験が重なるごとに、読み手も聞き手も、作品に接する深さが増していく。

その後、賢治の旅に同行した折り、私は（私の環境が一変してから）再び、「雨ニモマケズ」を聞いた。律子さんの声が静かに心に響き始めると、突然、涙腺が切れた。我ながらあふれる涙に驚いた。悲しみや感動とも違う。死と向き合った賢治が「雨ニモマケズ」と書き、「欲ハナク」と続き、矛盾しているように聞こえるが、「アラユルコトヲ　ジブンヲカンジョウニ入レズ　ヨクミキキシワカリ　ソシテワスレズ」と、主観と客観、生と死、肉体と魂が、融け合って伝わってきた。

おこがましいことだったが、私自身、死を予期して準備したり、心臓発作で「死」を感じた時、それでも「生きる」という欲があったから、賢治の言葉が愛おしく思えてならなかったのかもしれない。「ミンナニデクノボウトヨバレ　ホメラレモセズ　クニモサレズサウイウモノニ　ワタシハナリタイ」と、浄化された賢治の魂がこちらに迫ってきた。死後もなお語り続ける愛の言葉のように受け止められ、この憧憬の境地から新しい世界が見えるように思えた。律子さんの声は、賢治の声に感じられた。

今も耳の奥で岩手訛りの「雨ニモマケズ」が響いている。

律子さんが、学校のクラスなどで子どもたちに作品を読むと、「子どもたちの方が、深く感じとってくれるのでうれしい」という。賢治の言葉はやはり律子さんの声の中に生きていて、これからも生き続けていくからなのだろうと思った。

石像に秘められた心

「おはなし大好き」という石像が、昨年の夏から自宅入口の木の下（おはなしのちいさいおうちの前）に座っている。両手を膝の上に乗せ、じっとおはなしを聞いている女の子の像で、家族の一員のようになった。おはなし仲間（友人）の夫君である彫刻家T氏の作品である。

私が家から外に出ると、まずこの女の子の横顔が目に入り、正面を通り、左の頬を眺めてから出かけることになる。

女の子の正面に立つと、視線がぴたっと重なる。小さい子どもとは、ちょうどいい具合に顔が向き合う。

暑い頃には、夕方になると「汗が出たね」と、行水のように水を注ぎ、そして移ろう秋から冬の季節を共に過ごして、ひとめぐりの春を迎えた。女の子の像には、ますますやさ

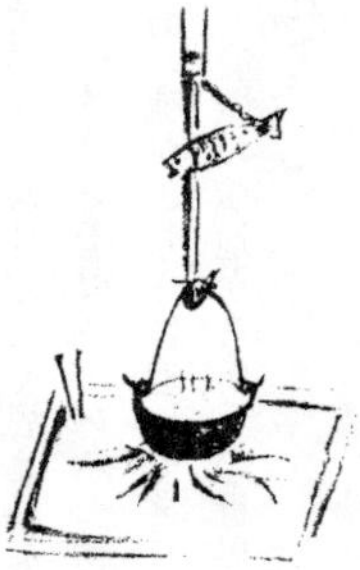

しい、あたたかいものが増し加わり、私の手は思わず頬や頭に触れている。いつもジーッと耳を澄ましている女の子は、私のひとことひとことを洩らさず聞いてくれているように思える。

夜明けの薄明かりの中で、女の子は遠い宇宙の先を見つめているのだろうか。その眼差しに、私の魂ごと、きりっと震える思いがする。

夕方の女の子は「ただいま」と帰って来た私に、夕日が沈むときのように惜しげもなく光を放ち、美しく輝いてみせてくれる。

最近、たまたま二階から見下ろしたら、女の子は、乙女の姿だった。きっと作者も知らないだろう。私は、ドキッとして、娘が逝ってしまった後に「娘の像を作って欲しい」とT氏にお願いしたことを思い出した。T氏は「ええ、喜んで。お時間をいただけますか」と答えて下さった。

その後、私はひどく後悔したのだった。理由は二つ。まず、娘の代理のようにして像を求めるなどという自分の浅ましさ。もうひとつは、T氏の作品には、気高い美しさがあって、憧れのような思いを私物化するなどという許し難い気持ち。これは、きっと父親譲りの気性なのかも知れないが……。

そう思う一方で、これまで過去の人々が、愛する人や尊敬する人などの像を作ってきたことも分かるような気がした。

私は、しばらくして、T氏に言い訳をした。

「娘の像でなくていいのです。娘と私が大切にしてきた子どもの本やおはなしと関係あれば……」と。「まかせていただけたらうれしいです」と言って、T氏は娘の昇天一周年を目指して取り組んで下さったのだった。

私は、それから十ヵ月ほど「待つこと」と「想像すること」の喜びを味わった。そして、これまでT氏のシンプルな作品の前に立った時、潮風や緑風を感じ、さわやかな気分になったことや、やわらかい曲線の奥に秘められた言葉の豊かさを思い出した。

仕上がりも間近になった頃、口数の少ない作者ご自身から電話があった。「気づいたら胸のところにクロスが浮かびあがってしまったのですが、もしいやだったらお取りします」「えっ、十字架ですか?」私は、思わず聞き返していた。「いえ、そのままにしておいて下さい」と、答えてから、しばらく呆然としていた。娘がこの世で最後にしていたのが、クロスのネックレスであったということの意味と重なって。

その時私は、彫刻家とは「石に眠っている潜在的なアイデアを引き出す人」であり、「削除の力によって、素材における余分なものを取り除いて造形作品を創造する人」(ミケランジェロ)という言葉を再確認したように思う。もちろん、石の中には、いろいろなイ

メージが存在しているのだろうが、それをどう引き出した（救い出した）かが彫刻家の心眼なのだろう。

わたしは「娘の像でなくていいのです」と言っておきながら、その像が種子島から運ばれて来ると、石の中に眠っていた娘の子ども時代が救い出されて、また家族の仲間入りをしたように思えたのだった。あとから聞いたことだが、この石像は、夕日をたっぷり浴びながら潮風の吹く丘の上で生まれたという。そういえば、娘の子ども時代に、種子島の丘で一緒に海を眺めた時があった。

このようにして、毎日「おはなし大好き」という女の子と接する喜びを与えてもらったのだが、不思議と作者のT氏の存在は、感じられないのだ。お名前をあげるのさえ、はばかられるほど、そこには、秘められた心が自然に深く息づいているように思える。

最近、この女の子に会いに来てくださる方が増えた。私有化しているという心苦しささえ解き放ってくれるのも、隠された魅力に違いない。

祖父からのおくりもの

子どもの頃から、今も、変わらず心に響いている人に祖父がいる。すでに亡くなって二十年以上経っているので、生きている時も、死んでからも色あせることなく響いているというのが適切な表現なのかもしれない。

記憶をたどると、小学生の低学年の頃から、一年に一度やってくるおじいちゃんを楽しみに待っていた。その魅力は、新しい世界が広がっていくことだったと思う。その頃六～七十代の祖父は、教育者としての仕事を終え、趣味で陸の貝を研究（収集）していた。

私は、妹たちとおじいちゃんのあとを付いて歩いた。季節は、いつも初夏の頃だったので、散歩道には、あちこちにかたつむりがいた。おじいちゃんの手に乗せられたかたつむりには、ちいさいものからおおきなもの、左巻きや右巻きや筋のあるものないものなど、あたらしい出会いがいっぱいあった。貝というものは、海ばかりでなく陸にもたくさんいることを知らされた。

おじいちゃんが居る間に家族揃って山深い温泉などに出掛けたものだった。みんなで露天風呂に入って居ると、おじいちゃんの姿が見えなくなってしまった。その時、わたしが探したのだろう。印象深く記憶に残っている。おじいちゃんは腰に手ぬぐいを巻いて、岩の上の急な山の斜面によつんばいになっていた。時々、ずるずると滑っていた。陸の貝を探していたのである。小さいながらも私は、おじいちゃんを危険から守らなくてはいけないと思って、すぐそばに控えていたのだった。土の中から米粒ほどの貝を見つけ出していた祖父の姿が、わたしの子ども時代の心に深く食い込んでしまった。

小学校の高学年になると、見つけた「まいまい」のことを遠く離れた祖父に手紙で知らせるようになった。すると送って欲しいといって、やり方を教えてくれた。今では出来そうもない。陸の貝を湯ぬきするのである。でも不思議にその場面の残酷な印象は残っていない。それよりも祖父の役にたつことが嬉しかった。協力することによって出来ていく貝の種類の全国分布図も楽しみであった。またその後、祖父が新種を発見したこと（名前が付けられたこと）も忘れられない。

考えてみれば祖父がわたしに、教えようとしたのではない。わたしが祖父の姿に目を見張っていたのである。驚きと発見、不思議な出会いにわくわくすることがいっぱいあった。いわゆる子どもの喜ぶような贈り物をもらった記憶はないけれど、子どものように無心に好きなことをしている祖父から、見えない贈り物をたくさんもらっていたのである。

それからというもの、陸の貝ばかりでなく、草むらの小さないきものたちが目に入るようになった。高校時代に生物部で川の貝の研究や毛虫の飼育などしていたのも祖父からの影響だったのだろうか？

今でもかたつむりがいると、かがみ込んでじぃーっと見ている小柄な祖父の姿と重なる。小さないきものをいとおしんでいる心が、わたしの心に変わることなく響いている。子どもに深い影響を与えるということは、大人自身の真摯に愛して止まない生き方を見せてくれることなのだとつくづく想う。

その後、祖父は、晩年、地元甲州の数百基におよぶ庚申塔や村の六七十基におよぶ石仏を丹念に調べている。一年に一度ではあるが祖父のお供をしてわたしの故郷（奥利根）の路傍の石仏を観て歩いた。やはりそれからは、わたしも各地のものが目に飛び込み、祖先の心が忍ばれ、素朴な美しさに惹かれるようになった。

祖父は、それらを、八十八歳の時に「甲州の庚申塔」、九十歳に「明野の石仏」という本にしてまとめ、残してくれた。「村中の石仏を探し求めて歩きまわった。観音さんの深く考えこんでいる姿や地蔵さんの姿勢よく立っている姿に見とれた。（略）私はこれ等の神仏を調べていると私たちの先祖がこの前にひざまづいてひたすらに願をこめて祈っている様が思い浮んで思わず手を合わせることもあった。」とあとがきに記している。「祖先の深い深い心のよりどころとして生まれたものであるから、大切に守って後世に残したい」と思っての取り組みであった。「まだ未熟であるが、お陰で元気でいられる」と言って深く感謝していた当時の祖父の気持ちをわたしも受け継いでいきたいと思う。

二年後（九十二歳）に他界したが、その直前にひ孫にあたる幼児期の娘と息子を見せてやることが出来たのは、幸いだった。

つい最近、山梨県の古い（二十三年前の）新聞に載っている祖父の記事を見せてもらった。「長寿と健康」というテーマであるが、冒頭に「私は若い時からどうしたら健康でいられるかどうしたら長寿が保てるかなど余り考えてみたり研究したりした事は殆どない」とあり、若い頃から（交通機関の少ない明治の時代）何日も歩いて旅行をしたり、いろんな趣味を楽しんできたことが書かれていた。九十歳を越えても、冒険に満ちた人生を語っている文章に触れ、わたしの心に響き続けている訳がわかったように思える。じっくり、ゆったり歩んだ祖父の人生（心の奥）には、枯れることなく泉のように湧き上る好奇心があったからだと。

再会

幼児教育

フィリッピンに出掛けた日、早朝、寒さに震えながら家を出た。昼過ぎには、マニラに到着。日本からわずか四時間で、別世界に下り立っていた。春であったが二十度以上の温度差とごったがえした人の波。市内を抜けるまで、車は芋を洗うように、無秩序に競り合いながら走る。

いきなり、トタンや板きれを張り合わせた住まい（スラム街）が現れ、日本の終戦直後の印象と重なってしまった。戦争の傷跡、日本の特攻隊跡地などを通り、タータラック市へ向かった。娘や息子が二十年前に卒園した幼児教育「こどものくに」を訪ねるためである。

「こどものくに」は五年前から、園長のK先生がM神父様の仕事に加わって、フィリッピンのお金も物も貧しい山の部落、マウンテンプロビンスに日本から移り、幼児教育に取り組んで、現在三つ目の園「マタタライブこどものくに」をボランティアで開いている。この活動を支えるのが私たち卒園の関係者（コルディリエラ会）。奨学育成金やバザー品などの送付を行っている。

この国で、ようやく関心の持たれはじめた幼児教育。すでにK先生の活動はモデルケースとなって、教会からの招きを受け、日本（国）から園舎の建築費が受けられるようになった。私は、お仲間の二人と共に卒園式の手伝いに出掛けたのであった。

数時間かかって「こどものくに」に到着すると二匹の大型犬が待っていた。貧富の差が激しい、危険の多い地でのK先生の働きを守っているかのように思えた。翌朝は、一年間の最終日（卒園式の準備）であった。

子どもたちがやってくる時間、K先生は高い塀の扉を開け、一人ひとりを出迎える。トライシクルという日本では見られない乗り物（オートバイに馬車のような屋根がつき、横には二人乗り位の屋根付きの席がついている）で送られてきた男の子が、K先生にした通りの挨拶を私にもしてくれた。英語が日常語である。つぎつぎ入って来た子どもたちは、まず部屋の隅の決まった所に布のカバンを掛け、トイレに行き、手を洗って遊び始めた。その流れがとてもリズミカルであった。

Sくんは、はめ絵に集中し出来上がると持ち上げ、袋に入れようとするがバラバラに崩れてしまった。でもすぐにまた挑戦してやり始め、ようやく絵が完成して、入れるところでまた同じ失敗。遊びの中で根気よく失敗を繰り返していた。

二十数名の子どもたちが、椅子を持って円形に座ると、朝の挨拶、朝の歌のいきいきした声が部屋いっぱいになった。お客さまである私たちに、全員で「ようこそ」の挨拶をしてくれた。私たちもそれぞれ、子どもたちにメッセージを伝えた。

それから、卒園式のための歌や踊りやお祈りをする子どもたちの真剣な表情、キラキラした瞳、喜びに満ちた姿に接して、なんて美しいのだろうと思った。無心に集中している真剣さが、なんとも子どもらしく愛らしい。幼い頃の娘もそこに居るように思えた。そっと抱きしめてやりたい愛おしさがあった。そして、かつて通った日本の「こどものくに」は、今もここに生き続いていることを肌で感じることができた。

おやつの時間、子どもたちの顔はほころび幸せそうな笑みがこぼれる。特に私たちが運んでいったお菓子には、デリシャス！が飛び交う。物に溢れている日本とは、なんと違うことだろう。

ところで、この地では、一歩園の外に出ると規則正しい生活習慣がなく、食事を作らない家庭が多い。鍋に入った食べ物が道路端で売られている。であるから「こどものくに」の決まった時間に食べるおやつは、食事のリズムに影響を与え、子どもたちの体重も順調に増えるのだが、夏や冬の休み（常夏の国であるが）には減ってしまう子が多いという。

一年前、子どもたちは、園にやってくるとボーッと座っていて、感情の変化が乏しかった。感情を表現する環境、子ども自身の持っている力を発揮する環境（見えるもの、見えないもの）が、子どもの成長にとってどんなに大切かを、教えられた。この子どもたちの方から幼児教育とは？　を投げかけてくれているように思えた。もちろん、子どもたちが自らの力を十分発揮出来るために、「こどものくに」では、心と頭を働かせた細かい配慮と準備がなされてきた。協力する日本の母親である私たちも手や頭を使い、子どもに必要な成長の道筋を体験することができた。喜寿を迎えたK先生が、幼児教育に掛ける情熱、原動力は、大いなる愛なのだろうと思う。子どもたちの気持ちのよい心身の成長は、当然、これから家族や周辺の人たちにも及んでいくだろう。

どの国の子どもたちにも、手をつないでこの地球の創造力の土台になっていって欲しい時代である。フィリッピンで、今、日本の教育に欠けていることを考えさせられた。

卒園式には、十人の子どもたちが、K先生の作ったキリッとした紙の角帽をかぶり裏地のガウンを着て、二千人のミサの中で見守られて、「うつくしく　あかるく　すこやか」に巣立っていった。

共生の時間

「ばあばだよ」娘の友人Mさんが私を指差して言うと、よちよち歩きの赤ちゃんが、私の腕の中に飛び込んできた。赤ちゃんは、初対面とは思えないくらい安心して、しばらく私に抱かれていた。

その日は娘（摂）の昇天二周年だった。摂が逝った時には、まだ影も形もなかった命が、生まれ育ち、自分の足で歩き、笑っている。私は、二年という命の時間を抱かせてもらったように思えた。新しい命のあたたかさが私の全身を満たし、命を育てた時間の流れが確かな手応えとなって伝わってきた。私は、はっとする思いで自分の二年間を思った。私の時間はどんなふうに流れていたのだろうか？　そもそも時間の経過を意識していなかったように思う。いつも今だけの時間だった。すでに、娘の命は、永遠の時の中にあって、今もここにいる。一瞬たりとも離れることなく共に生きていたと思える。私の命を引き継いだ命との不思議な時間であったことを赤ちゃんが教えてくれたのかもしれない。

二年という時間には計り知れない世界があることをさらにはっきり見せてくれたのはYちゃんとの再会だった。ある日、「Yです。わかりますか?」という電話の声。「そちらに行く用事ができたので、ちょっとおじゃましていいでしょうか?」娘の死を知っているのだろうか?と思うくらい自然に訪ねてくれることになった。

Yちゃんと逢うのは十数年ぶり。私が金沢で過ごした二年間、Yちゃんは、自宅で開いていた「てんとうむし文庫」に来ていた。当時、小学一～二年生で娘とも文庫仲間だった。特に忘れられないのは、突如、私たちが金沢から鹿児島へ転居することになった時、「文庫がなくなるなんて許せない」と怒りをぶっつけてきたことだった。ところが、私がまだ何もしてやれないうちに、数日後には「ひよこ文庫」を自分でやると決めて、二年間、毎週自分の部屋で絵本の読み聞かせや本の貸し出しを地域の子どもや友だちにやり通したのである。その後、Yちゃんは、引越して、消息が絶えていた。あえて探そうとせず、共に過ごした日々や楽しんだおはなしの世界に感謝したことを『いい家庭にはものがたりが生まれる』（エイデル研究所）に載せたのだが、この本を偶然震災の時、神戸で高校生になったYちゃんが目にしたのだった。そして、こんな便りが届いた。引越した後もひよこ文庫を続け、たくさんの人に来てもらって嬉しかったこと。本の中に、「あえて私の成長した様子を探ろうとしない」と書いてあるけれど、本当に探らなくても、自然と答えがでてくるものです。とあって、本も良く読み成長した姿を想像することが出来た。それからまた数年の時を経て、Yちゃんが私の前に実際現れることになったのである。

最寄りの駅に出迎えて待つ間、お互いにわかるだろうか？どんなお嬢さんに成長したのだろうか？わくわくしながら階段を降りてくる人の顔を眺めていた。すると、Yちゃんの目と私の目がパチッと出会った。子どもの頃、おはなしをじぃーっと聴いていたあの瞳だった。Yちゃんの前向きな生き方は変ることなく、輝いていた。短い時間であったが喜びが詰っていた。「落合さんと十四年ぶりに再会を果たすことができ、本当に生きてて、こういった時間こそが、真の喜びの時であるのだな、と実感しました。十四年前に出会えたことは、今の私の中でもずっと生き続け、今日の私を築いているのだと確信してます」というYちゃんのお礼の手紙は、私の気持ちと同じであり、かつて共に過ごした時間の広がりでもあった。ことに「一緒に楽しんだおはなしの思い出は、この世にたくさんいる人の中で、私と落合さんと本当に二人だけしか分からない”すごい感動“なのだと思います。

ずっとずっと大切にしたいです」というYちゃんは、今、少数民族の教育に関心を持ち、夢をふくらませて京大の大学院で学んでいる。私に新しい世界を見せてくれる人になっていた。そして、再び共に生き、今を豊かにし合える人となって、メールなどで語り合っている。言葉にしないが、娘との時間を引き継いでくれているのが嬉しい。

Mさん（赤ちゃん）やYちゃん、そしてここに名前をあげられないほど、多くのいろんな方との再会は、私にとって再生なのだと思えた。再会した人の心に娘がいる。姿は見えないが、確かに生き続けていると感じさせてもらえる。

私の二年間を振り返った時、時間の流れは見えなかったが、限りなく広がっていたのだと思えた。その広がりは、もちろん私が作ったわけではない。娘自身であり、見えない大いなる力（神）であり、見守る人たちの中にあったと思う。押しつぶされ、荷が背負えない私に、想像を働かせ、理解し、待っていて下さる方がいたからだろう。

今、私は思い浮かぶ事をひたすら祈り、娘に捧げる子守り歌を奏で、天に向けて祈りの歌をうたっている。明日には、また、共に生きる未知の時間があることを心から感謝しよう。

すきとほつたほんたうのたべもの

宮沢賢治が好きな人たちと一緒に賢治の童話を読み合うようになって、同じ作品でもこれまでと違った喜びを味わうようになった。「聴く」ことで、作品の奥にあるものが私の体験と響き合い、想像が広がる。言葉のひとつひとつが心地よい。

最近、特に私の心を震わせる言葉は、「すきとほつた」である。賢治の作品には、同じ意味合いと思える「透明な」という表現もあり、両方とも作品の重要な役割を果たしているように思う。解釈はさておき、「すきとほつた」は、私の耳に「透明な」と、違う波長の響きとして伝わってくる。

『注文の多い料理店』の序に、「わたしたちは、氷砂糖をほしいくらいもたないでも、きれいにすきとほつた風をたべ、桃いろのうつくしい朝の日光をのむことができます。」とあり、（略）文末に「けれども、わたくしは、これらのちひさなものがたりの幾きれかが、おしまひ、あなたのすきとほつたほんたうのたべものになることを、どんなにねがふかわかりません。」とある。その他、「すきとほつたつめたい雫」「すきとほつたバラ色の火」「飴色にすきとほつて」「すきとほつてまっ青になって」「青く日がすきとほつて」などなど、いろんな作品の中でたびたび目にする。私は、身震いする感動と同時に、身も心も研ぎ澄まされる。いのちへの癒しを感じさせられる。そして懐かしい人に再会したような親しみを覚え、また、この言葉に出会うことを期待してしまう。

もちろん、「すきとほつた」ということ（もの）は、私個人に限らず、すべての人のいのちにとって必要不可欠なことに違いない。社会が複雑になり、時間の流れが加速し、空気（環境）が汚染され、心のゆとりを失い、社会全体がいかに癒しを必要としているかを考えた時、賢治はすでにいのちへの普遍的な「たべもの」を作品に表わしていたのだと思う。

ところで私にとって、「すきとほる」とは？賢治のいう「わたしといふ（今の）現象」なのかもしれないが、まず、思い浮ぶのは、生と死を越えた永遠の世界にいる娘。黎明の空気、赤ちゃんの瞳、光の金粉が踊る幼き日の小川、グレゴリオ聖歌の肉声など、賢治の作品で感じたこと同様、研ぎ澄まされ、しかもいのちへの癒しを含んでいるものである。

実際、二年程前から、せせらぎの音や香のゆらぎのように聴く者に負担を与えない「すきとほつた声」のミサ曲にどれほど癒されてきたことか。私は、この「すきとほつた祈りの歌」を聴くだけでなく、自分でも歌ってみようと思った。一年程、歌う側に立って（体験して）みて、この癒しの魅力が、一層、鮮明に見えてきたような気がする。「すきとほつた歌」は、地から吸い上げられ、体を通り抜けて天に帰っていく。決して作り物ではないということ。賢治が、「わたくしのおはなしは、虹や月あかりからもらってきたのです」と書いているのと同じように思える。まだ、経験の浅い私がおこがましいのだが、透き通る声を出そうとか、癒してやろうとか、思惑から生まれるものではないということだ。

『よく利く薬とえらい薬』（宮沢賢治作）を読んでそれを再確認した。かいつまんで紹介するとこんなものがたりなのだ。

清夫さんがお母さんの薬にするばらの実を一生懸命とっているが、いつまでたっても籠の底がかくれない。つかれて、ぼんやりと立ちながら、一つぶのばらの実を唇にあてると、きれいな流れが頭から手から足まで、すっかり洗ってしまったよう、何ともいえずすがすがしい気分になる。今まで見えなかったもの、聞こえなかった音、匂いまで手にとるよう。驚いて手にもったばらの実を見ると、雨の雫のように光ってすきとほつているのだった。お母さんも病気が治る。そのうわさによって、ふとったにせ金使いの大三が、すきとほるばらの実をさがし、見つからないとおしまいには自分で作って、すきとほらせ、それを呑み死んでしまう。というのだ。

このものがたりは、「すきとほつたもの」に対する賢治の思いが込められている。私の「すきとほつた歌」への思いと重ねることが出来た。一生懸命中世やルネッサンス時代の楽譜と向き合い、いい匂いを嗅ぐ時のような心地よさやリラックスした体で、グレゴリオ聖歌をうたっているが、清夫さんの「すきとほつたばらの実」のようになるのは、いつのことやら。先は見えないが、新しい境地が待っているかもしれない。

クリスマスには、聴衆を得て、うたうのだが……ただ一つの祈りは、すでに「すきとほつた存在」である娘が、その歌で潤えますようにということ。

そう祈っていると、不思議なことに、月の光に魅せられ、よく月を眺めて過ごした私の娘時代が蘇ってきた。その頃の月の光は、「青くすきとほつて」いて、未来への憧れに震える心をそっと洗って清めてくれた。その未来である今、この瞬間、確かに私はこうして生かされている。

”ぶらり“ 旅の夢

「とんとん」「時間ですよ」「どんどん」そんな音が遠くの方で、かすかに聞こえる。私は、美しい景色の中でうっとりしていた。運河の水辺が夕焼けに染まり、向こうには、薄い墨絵のような富士山が見える。

「だれだろう私を呼んでいるのは?」「がたんごとん がたんごとん」と揺れている。「あっいけない。私は、夜行列車（北斗星）の寝台にいるのだ!」夢から覚めて、はっとした。窓のカーテンを開けて星空を眺めているうちに「銀河鉄道」の世界を飛んでいるようで、寝る気になれなかった。ところが、肝心な時にうとうとしてしまったらしい。

「どんどん」「おちあいさーん」戸をたたいている声が、今度は、はっきり耳に飛び込んできた。「はーい ありがとうございまーす」と大きな声で返事をして腕時計を見るとぴたり午前四時。「ああ よかった!」函館着は、四時二十二分。まだ大丈夫。身支度を整えて窓辺を見ると、小さな灯がうしろに飛んでいく。

乗車駅の大宮で、「函館近くで教えて下さい」とお願いしておかなかったら、乗り越していただろう。まだ眠っているような駅に下りた。あと二~三時間遅い列車にしたかったのだが、大分前から空きがなかった。夜行寝台車は、人気があるらしい。そういう私も寝台個室で、旅らしい時間を過ごしたいと憧れていた。それにこの計画は、大層、贅沢な旅にも思えた。日常と違った空間、ゆったりとした自由な時間。細かな計画は立てないで出会った事を大事にする、そんな旅には相応しい道中だ。

何年か前までは、無駄な時間を使わず、飛行機のほうが贅沢に思えた。ところが、その無駄が、今は貴重に思える。長い歴史の中では、ひとつのもの（こと）に対する価値観の変化は、あるものだが、特に近年は、このように著しい。

駅前にはタクシーがずらりと並んでいた。私は旅人。どう時間を使ってもかまわない。

「そうだ、日の出を見に、函館山へ行こう。」

タクシーで、眠っている街中を通り抜け、曲がりくねった山道を走って登るにつれ、東の空から黒い天幕が上がりはじめた。眼下には、夜景が宝石をちりばめたように光っている。運転手さんが「夜とは違う美しさですよ」という。澄んだ空気の中で、消える直前の鮮やかな輝きを見せている。車を降りて、展望台に立った。夜から朝へ刻々と変る時のリズムが静かに静かに流れる。明るい朝があたりをすっぽり包んでしまった。

この近辺に二十年暮らしていて初めて日の出を仰ぎに来たという人が「こんなきれいな朝はめったにありませんよ」という。凛として澄んだ大気が体の芯まで染み込んだ。日の出の準備を整え終わった太陽が、海に横たわる半島と空の境目に赤い線を引いた。そして、空に三筋の光の束を放ってから、赤い火の玉のような顔を覗かせた。たちまち、空を青く染め、海上は真珠のように潤い、太い光の道が出来て、黄金色になった。はっと我に返った時には、二時間が夢のように過ぎていた。

一日のはじまりは素晴らしい。そして、なんと私たちは、二十一世紀のはじまりという時代に生きて、太古から繰り返し現れる太陽を仰いでいる。未来を愁う時代であっても、日はまた昇る。行く道を照らす光が夢を運んでくる。


山を下りて街へ出ると、活気に満ちた一日が始まっていた。まず、朝市へ行った。市場の多さに売り手ばかりが目に止まる。売る人との会話はおもしろい。つくづく、出店（品物）は、売り手の顔のようだと思った。私は、ふと昆布の店に惹かれて、「昆布のけずり節」を手にした。「買うつもりじゃなかったのに買ってしまった」と独り言をいうと「すみません」とそこの主人が言う。「あら、おじさんが謝ることありませんよ。明日また来ます」と立ち去った。ぶらり旅のよさを存分味わって、翌朝、朝市の昆布屋さんが気になって、あわただしく立ち寄った。ダンボールに荷物を詰め、昆布を買い足して、その蓋もせず、宅配便を依頼して、電車に飛び乗った。

旅から帰った翌日、荷物が届いた。私はその荷を見て驚いた。ダンボールの箱は丁寧にしっかりしたナイロンで包まれていた。身も知らぬ旅人の荷物にも心を掛ける生き様が伝わってきた。

ぶらり旅で、自然にも人の心にも、新たな夢を持ちたいと思った。でも、朝市の昆布屋さんは、私が、毎日、「昆布けずり節」を愛用するようになったことを知らないだろう。

新世紀の春

日だまりで顔見知りのお年寄りが、いい顔でおしゃべりしている。挨拶をしようと近寄ると「二十一世紀まで生きるとは思いませんでしたよ」「本当に」と共感し合っているところだった。

「私も」と言いそうになったが、二十歳以上年上の男性お二人と私とでは、不協和音になりそうで、口をつぐんだ。二人の短い言葉と笑顔の皺には、いのちに対する感謝が満ち溢れていた。人知を越え、ここに存在する幸せを味わっている瞬間であった。春のやわらかい日ざしは、お二人と同じように私にもそそがれている。

あたたかいやさしい日ざしをたっぷり浴びて、再び「私も二十一世紀の春を本当に生きている。存在している」という不思議さをかみしめた。

私たちが、こうして世紀の変わり目を意識することによって、過去を振り返り、未来へ思いを馳せ、今立っているところを改めて思い知る。私は何所から来て、何所へ行くのかということも。最近、報道や出版によっても、過去の歴史のイメージが塗り替えられ、さまざまな企画（エジプト、メソポタミア展など）で視野を広げさせてもらった。こうした新世紀の春も昨日との繋がりの中にあって、自然との調和は、長い時間をかけてゆるやかになされてきたのだなあと思う。

ところで、そんな不思議さと感謝を感じながらも、やはり二人のお年寄りの笑顔に接して、私は何だか急に恥ずかしくなってしまった。とても自然で、私とは少し違うように思えたからだ。

このところ私の体と心は、うまく調和してないのに、新世紀という意識も加わり、身辺の整理などを懸命にしていたのだ。自分で人生の幕を開けたり、閉じたり出来ないことを承知のうえで。でも、きっと、この恥ずかしさは、調和への過程なのかもしれない。そう思えたのは、病床のK牧師を訪ねた時であった。

K牧師は、何度か生死の境をさ迷い、危機を乗り越えているが、今も一年前から、体内に管を通して流動食が送られ、身動き出来ず、声を出すことすら出来ないでいる。私は、さまざまな想像や迷いそして状況判断のうえで、入院先までお訪ねしたのだった。

病室に入るとK夫人が付き添って待っていてくれた。「せんせい」私がやっと発した声は、K牧師の耳に届いた。振り向かれたお顔は、小さく細くなっていたが、見開かれた瞳からは、清らかな明るい光が静かに私の目に届いた。言葉にすることの出来ない私の気持ちを察してか、K牧師は手を少し上げて握手して下さった。「さぞ、人に会うのは辛いだろう、いやだろう」という思惑を打ち消して下さるような握手だった。

私は、ようやく、三年前、不自由な体を押して娘の葬儀に出て見送って下さったことに感謝を込めて「ありがとうございました」と言うことが出来た。すると、「いやいやそんなことより」と、まるで話しているかのように瞳から慰めにみちた慈しみの光が伝わってきた。改めて人のいのちの源（魂あるいは霊性という表現が適切かもしれない）の崇高さを感じた。しかも私の想像をはるかに越えている。どうして生死の狭間にある肉体と魂が調和していて、接する者の魂とも調和するのだろう。ご家族さえ「どうして安らかで、今ある状況をすべて受け入れられるのだろうか」と感動している。

K牧師の視界にあるものは、病室と窓からの大空だけである。いのちにはこの空のような無限のエネルギーが流れていると思えた。K牧師のいのちは、多くの祈りや感謝を育み、臥しつつ人の心を創造している。帰路には、大切なものをいただいて、私は私なりのいのちへの感謝を創造へ向けたいと思えるのだった。

新世紀の春である。今あるいのちへのごほうびに体調に見合った小さな旅をしてきた。沖縄の宮古島では、サトウキビを収穫していた。大きなススキのような花が風に揺れ、朝日を浴びて銀色に光り、昼の強い陽ざしで羽毛のように震え、夕陽で薄紫に染まっていた。そして、刻々とさまざまな色に変る海を眺めて、いのちの美しさ、大切さを見つめ直すことが出来た。世紀末に逝ってしまった身近な人たちも、私が生きている限り共にいると思える。生きていくことはいのちを育むことであり、限りない創造なのだと思える旅であった。そしてまた一層、明日へのいのちの創造に向き合っていこうと思った。

てがみ

ジェスさま

こんなに改まって、あなたに手紙を書くのは、これが初めてですね。もう十年も一緒に過ごしてきたのですが……。

あなたは、いつも私を見ていてくれますね。そのまるい瞳が、昼には黒く、暗闇では深いエメラルドグリーンに光ります。ふるさとマルタ島の地中海色なのでしょうか。あなたの体の中には、古代エジプトやギリシアのものがたりが詰っているのでしょうか。ことによるとあなたの祖先は、ギリシアの女神とお話したことがあるのでしょうか。そんな不思議な魅力をたたえた瞳です。

「ジェス！」と、あなたを呼ぶと、私の心は、あったかくなります。必ず応えてくれて、ちぎれんばかりに尻尾を振って、まっすぐな眼差しで私の心の中に飛び込んでくるからです。私の言葉もわかりますし、あなたは、自分が犬だと思っていないみたいですね。よくあなたのことを「かわいいペットね」と言う人もいます。そう、確かにあなたの体は小さくてかわいらしい。ふわっとした絹のような純白の毛。あなたに触れた感触は心地良くて、だれからも愛されるマルチーズ犬。でも、今、私はあなたをペットとは呼べません。家族、友人、相棒、恋人、命の恩人、どの言葉でも言い尽くせないものがあります。

テレビ番組で、「一匹の動物も愛したことがなければ人の魂は眠ったままである」という愛犬家の言葉を聞きました。あなたと共に暮らしていなければ私の耳を通り抜けて行った言葉でしょう。一笑に付したことでしょう。幸い私は、あなたと出会いあなたを愛しました。そうです。あなたは、私の魂を呼び覚ましてくれる存在なのですね。あなたの小さな体には、枯れることのない愛と壮大な宇宙の神秘が満ちていると思えます。

生後二ヶ月のあなたが我が家に来たのは、摂の十七歳の誕生日。初めのうちは、真綿のまりのようにころころした姿で摂ちゃんの後をちょろちょろ付いて歩きましたね。その時は確かに家族全員のペットでした。お洩らしして叱られても、すぐにケロッとして、絨毯の上に引っ繰り返って仰向けになって眠っていましたね。

ところが、一ヶ月余りで、あなたのお母さんだった摂ちゃんが、通学路の不通で、学校の寮に半年間入ってしまったのです。寂しそうでしたね。それから、あなたは、代わりに私を慕うようになりました。

あなたの耳は随分遠くまでキャッチしていて、だれかが帰ってくる前に玄関で待っていました。あなたは、家族四人の結び目になり、お客さまをもてなし、家の番人になりました。

あなたの一番のおたのしみは、「さんぽ」。夏も冬も、春も秋も一緒に歩いて道端の草花や季節の変化をたのしみました。

時には私を困らせました。家から抜け出し、冒険に出掛け、絵本の「どろんこハリー」みたいに遊んで帰って来ました。雨の中を歩きまわった時のずぶぬれ姿は、本当にジェスとは思えませんでした。あなたが見つからない時は、大騒動です。そのたびに私の心臓は止まりそうでしたよ。

三年前の初夏、突然、摂が入院して、帰らぬ人になってしまった時、あなたも一変しました。あなたは、私を避けて顔を合わせようとしませんでした。「ジェス！」と呼んでも視線をそらすのでした。きっと、怒りや悲しみ、また哀れみなどがごちゃごちゃになっていたのでしょうね。

でも、しばらくするとあなたは、まるで私の母親のように慈悲深くなりました。「さあ、起きて！外に出ましょう」というふうに私の髪を引っ張って起こし、遠くまで連れ出してくれましたね。川のほとり、雑木林。私から目を離そうとせず、あなたの忠誠心は「神のしもべ」と呼ぶにふさわしいと思いました。散歩の途中で黄色い蝶をみつけると、私が「あっ摂ちゃん」と叫びます。すると、あなたは、後ろ足で立ち上がってあたりを見回します。そして納得したようにまた歩きます。きっと、私に見えないものを見ているのでしょうね。あの頃、毎日、夕陽が沈むまで一緒に丘の上に座っていましたね。

あなたのいのちは、私の失ったいのちを蘇らせます。夜も昼も私に寄り添い人間に出来ないことをしてくれます。あなたと居ると、密度の濃い時間が流れます。あなたも歳を重ねて、とうとう私の年令を追い越してしまいましたが、それも当然と思えるほどです。

ジェス！あなたは摂ちゃんからの、いえ神さまからの贈り物だったのでしょうか。もうすぐあなたの十歳（犬年六十歳）の誕生日です。

おめでとう！そして、心からありがとう。

わたしとあそんで

今夏も「わたしとあそんで」―上毛高原のつどい―を予定している。去年も一昨年も、いろんな方々と共に森の中を散策し、小さな音楽会やたっぷり語り会う時を持った。

みんなを結び付けているのは、上毛高原（に墓のある）の摂（娘）。姿は見えないが、「あそびましょ」とまるで絵本の『わたしとあそんで』（マリー・ホール・エッツ作）の主人公（わたし）と同じように呼びかけている。そして緑の木々を渡る風とたわむれ、小鳥たちとおしゃべりしながら待っている。みんなが集うと「ああ　わたしは　いま、とっても　うれしいの。とびきり　うれしいの」と言って、みんなを山の小道へ案内してくれるように思う。大峰山の沼まで半時間ほどを。

昨年は、大学山岳部のYくんがお茶の道具や重い荷物を背負ってくれて、七十代のおばあちゃんも六十、五十、四十代も二十代の友人たちも摂を知らない人も一緒に歩いた。ひんやりした木陰の道では、木漏れ日が嬉しそうに光の筋を踊らせていた。木いちごの真っ赤な実が、緑の中で点々と輝いていて、私たちを夢中にさせた。ほのかな甘さを口いっぱい味わいながら、かれんな野花の白、黄、紫色にも心を奪われた。

浮島のある沼の周囲は、覆い被さった木々が屋根のようになっている。音楽家Yさんがオカリナを吹き出すと、そこはもう自然のコンサート・ホール。石や木の根に腰掛けている私たちの上をやさしい音色が通り抜けて、水の中に吸い込まれていく。木も水もすばらしい聴衆。今年もきっと、待っているだろう。

お茶のひととき、そこで湧かすコーヒーがとってもおいしい。森の水と空気と心が染み込んだ味。「私たちは生きているんだよ」と五感が一斉に働きだして、自分のいのちを見つめ直す。そんな時、「私の命は、私だけのものではない。だれかのものでもある」と感じて、いつものように、
姿の見えない摂と心の中でおしゃべりを始める。

「ねえ、やっぱり二人で出来ることは、こんなふうにいのちのシンフォニーを奏でることだねえ。ほら、みんなのいのちが緑の中で響き合っているよ。せつちゃん、死んでも生きるんだよ。〟わたしとあそんで!〃とみんなのところに飛んで行こうね。この会は私たちのシンボルだよ」

「みちこさーん、なにぼんやりしているの」とYさんに促がされ、はっとして歩きだしたのであった。それから、森の宿での夕べ（音楽会や語り）は、天に捧げるようなひとときであった。

ところで、こうして摂を偲びつつ湧き上るような気持ちで始まった「わたしとあそんで」は、私の願う「地球交響曲」なのだと思っている。

「地球交響曲―ガイアシンフォニー」とは、一九八九年に制作を始めた映画で、すでに一

～三番が完成している。全国で草の根のように広がって多くの人の心を揺り動かしてきた。

「もし、母なる星地球が本当に生きている一つの生命体であるとするなら、我々人類はその"心"すなわち"想像力"を担っている存在なのかも知れない。だとすれば危機が叫ばれるこの地球の未来もまた我々人類の"心"の在り方に依って決まってくるのではないか」という龍村監督の言葉のように、観る人もまた心して関わってきた。第三番では、制作期間に写真家星野道夫氏の突然の死と重なり、作品の中で命が引継がれている。三年前、私もどれだけこの映画によって励まされたことか。いのちの重さ、すばらしさを見直したことか。

「ガイアシンフォニー第四番」もまもなく完成する。「二十一世紀に生まれ、育つ子どもたちのために」という願いをもって創られているところだ。「共に奏でる仲間になってください」という呼びかけのひとコマスポンサーに私も加わって、完成をたのしみにしているところだ。

「二十一世紀は、人類のあらゆる営みの基盤にやわらかな"霊性"（スピリチュアリティ）が求められる時代になって来ると思います。（略）なぜなら"霊性"を持たない人類の営みが、我々人類だけでなく、この地球の全生命の未来を危くしていることに、もう誰もが気づき始めているからです」というもの。ここでの霊性は、主体性に裏づけされたものので、個々のかってな生き方でなく、今生かされている命を考え、祈り、行動することであって、誰もが持っている"心"を一人ひとりが、はぐくむことなのだと思う。私も摂の短い命によって、霊性の大切さをどれほど感じさせてもらったことか。

「わたしとあそんで」のつどいは、今夏も自然の中で、参加する一人ひとりによって奏でられることだろう。前回の出会いから、バイオリン、リコーダー、箏のアンサンブルも生まれたのでさらに美しい音色が響き合うことだろう。ここから生まれたいのちのエネルギーを、祈りつつ未来への創造に向けていきたいものと願っている。

「スイミー」がゆく

最近、地域で、親子で楽しむコンサートを開くことができた。私にとって、たくさんの思いが凝縮された舞台であった。

二十年前、私の地域である埼玉県川口市（戸塚地区）に引っ越した頃は、植木畑の中にぽつんぽつんと家があるのどかな光景が広がっていた。都心に近いわりに緑の多い土地であった。小学生だった息子や娘ものびのびと遊ぶことが出来た。区画整理事業による街づくりがスタートしたところで、足りないのは、文化のかおりであった。それじゃあ「地域の文化はまず自分たちの手で」と、さっそく、子どもたちのために自宅を開放して文庫（子どもと本が出会える場）活動をはじめたのであった。最初の同士であり支え手であったのは、息子と娘。それから地域のお母さん方との繋がりやおはなし会などが生まれた。その頃、たくさんの夢を描いた。二十年先の予測もしてみた。そこに向かって今なにをしたらいいのかということも考えながら歩んだ。

そして、今その時の中にいる。地域には図書館も公民館も出来た。予測しなかった地下鉄さえ開通した。そのかわり、緑の木々は、住宅の群れに化した。七千人の人口は五万人に膨れ上がった。

子どもにおはなしを語るお仲間も増えた。人口の急増に比して、小さな存在かもしれないが、図書館で、学校で、公民館で、子どもたちに絵本を読み、語り、わらべうたで絆を深めている。かつて夢に描いた姿に似ている。が、一方、子どもたちの日常は、不安なことが多く、あまりにも心痛む環境だ。さまざまな環境問題は、個人の創造にさらに行政の街づくりの計画や姿勢にも関わるものである。

今回のコンサートは、子育て中のお母さんが、この地域に新しいいぶきを吹き込む取り組みであり、感動を共にするカルチャーであった。将来、小さなホールが身近な所に欲しいというような新たな夢も付随して生まれる。さらに二十年先を予測する機会でもあり、そこに繋がる行為でもある。参加した子どもたちは、その頃には社会を担う大人になっているのだから。

ともあれ、地域公民館の（音楽設備がない）ホールを、コンサートに活用するという新たな試みが生まれたのであった。

子どもの時にこそ、美しいものに出会わせてやりたいと日々思っている。実際、幼い人たちの感性は優れていて、美しいものにも敏感なのだが。しかし、多くの方が、幼い子どもたちが音楽会に行くなんてとても無理なことと、諦めているだろう。私は、小さい子どもが美しい音色に出会えるような方法（音楽におはなしを組み入れ、スライドを使う音楽家のコンサート）に語り手として数年前から参加している。今回もこうした取り組みだった。

まず、ものがたりを選ぶ。「何を題材にするのか」昨秋から考えた。音楽を助けるものがたりでなくてはならない。それにものがたりを膨らませる音楽の共存が必要だ。選択を任された私は、心に響くメッセージを捜し歩いた。まず、音楽が聞こえてきた絵本は、『DAWN』（日本語版では『よあけ』福音館書店）であった。静かな湖のほとりで眠っていたおじいさんと孫が目覚め、ボートで湖に繰り出すと、その時、山と湖がみどりに染まる。言葉にならない自然の音楽がある。センス・オブ・ワンダーがある。どんな時にも「よあけ」がおとづれると希望の光が見えてくるだろう。そして、もうひとつ、ある時、見慣れていた絵本が、自ら飛び込んできたかのように、私の願いにピタリと当てはまった。それは『SWIMMY』（日本語版『スイミー』好学社）。小さい魚スイミーは仲間が大きな魚にみんな食べられてしまって、たったひとりになっても、前に進んで行く。海の中の美しい世界でくらげやウナギやいそぎんちゃくたちとの出会いを重ね、ふたたび小さな魚たちに出会った時には、みんなのいのちを守る方法を考える。仲間とともに明日に向かって賢く生きてゆく。現実には、先行きの不安な時代ではあるが、未来への旅人である子どもたちに、そして、地域の文化を担う仲間へ勇気を与えるだろうと思った。

いつもスライド・コンサートに関わっている音楽家との作品づくりも進みスライドとの構成がなされ、プロの演奏家たちのハープやフルート、オカリナ、ピアノ、キーボード、さまざまな打楽器の音楽によって地域のための「スイミー」が誕生した。コンサートの当日、会場（二七十席）いっぱいの顔見知りの人たちに感謝を込めて語らせてもらった。音楽が大人にも子どもにも言葉の意味を越えた共通の感動を与えてくれた。「誰かのために生きることが出来た時に、自分らしさが引き出されている」という経験をしているが、このコンサートもそうであった。

スイミーは結局、私の中の自分をみつめているもう一人の自分であり、見つめられている自分を支えている存在のように思えた。スイミーは、きっと協力しあった多くのお仲間にも子どもたちの心にも住みついていて、未来に向かって泳いでいくだろう。

モミの木のひとりごと

三年前のある日、わたしは風に揺られながらまどろんでいた。すると、いきなり根元から掘り起こされて、縄でぐるぐる巻きにされて、トラックに乗せられた。運ばれた所は、植木屋さんの店先。これからどうなってしまうのだろうと脅えていた。まもなく、保育園の園長さんが、わたしを見つけて、「このモミの木にします！」と言って、お金を払った。また、車に乗せられたので、目を固く閉じてじっとしていた。

やがて、鉢に入れられて、立たされた。おそるおそる目を開けた。眩い灯りがわたしに降りかかってきた。そこは、音楽ホールだった。「ねえ、いいモミの木でしょ」と園長さんは、自信を持ってわたしを一人のお母さんに手渡した。お母さんは喜んで、わたしの体に赤いリンゴの飾りや手作りカードをぶらさげた。子どもも大人もわたしを見つめるので、恥ずかしくてたまらなかった。その日は、「モミの木」というものがたりと音楽のクリスマス・コンサートだった。アンデルセン作の「モミの木」みたいに燃やされてしまうのではないかと密かに心配していたが、大丈夫だった。

クリスマスが過ぎると、旅をして、山や川のあるお母さんの故郷に着いた。おばあちゃんが住んでいる家の庭に落ち着いたので、わたしは、きれいな空気を思い切り吸った。冬の間、大切にされ、毎日おばあちゃんとおしゃべりした。時々やってくるお母さんや家族に「元気？」と言われるので、ずっーとここで暮らすのかと思っていたら、春分の日にまた引っ越した。お兄さんやおじさんに背負われて、山に登って行った。

見晴らしのよい小山の上の方に着くと、おじさんたちがそこに植えてくれた。仲間の木たちに囲まれて、わたしは、ぐーんと伸びをした。小鳥も歓迎して歌ってくれた。なんて幸せなんだろう！だれにも、生きていくために相応しい場所っていうのがあるんだよね。ああ、わたしは、復活した！と思った。

ふっと下の方に目をやると、見慣れない石が並んでいる。そこはお墓だった。夜を迎え、周りの霊と共に遠くに見える街の小さな灯を眺め、あたたかい土に守られて眠った。夜半に重苦しくなって目が覚めた。わたしの体は白くなっていた。雪だった。春なのに雪が降っている。雪の精たちが踊りながら下りてくる。すきとおった衣がふわりふわりと揺れた。わたしもちょっと枝を震わせた。雪たちが笑いながら地面に落ちた。どんなに降ってきてもわたしは大丈夫。長い長い歳月を掛けてわたしの体は、生きるための知恵を身につけてきたんだよ。ほら、葉も細く細くなっているでしょ。

翌朝は一面の銀世界だった。昼になって一瞬、青空が見えた。その時、見慣れた人たちが集まってきた。お祈りの式が始まって、わたしの足元の地面に十字架のついた壷が葬られた。お母さんの娘、せっちゃんだった。わたしは身震いした。それから決心した。「わたしがここを守ります。任せて下さい！」泣いているみんなや卒倒しちゃった友達に叫んだけれど、わたしの声は届かなかった。けれども体中にこれまでにない力が漲ってきた。

みんなに大切にしてもらったけれど、これからは、わたしにも大切にするもの（こと）が出来たんだ。大切にするって、愛することなんだよ。祈ったり、お世話をしたりするってことなんだよ。つまり一緒に生きるっていうことなんだろうね。

春の日は、たちまち雪を解かしてしまった。すみおばさんが雪の上にそっとばら撒いた花の種も地面に落ちた。わたしの足元には、新しいいのちの芽が出てきた。ふきのとうやヨモギの葉も顔を出した。わたしは、こうした見えるいのちや死んで見えなくなったいのちの神秘な姿と共に過ごしていると、自分の生命もいとおしく感じられた。

お母さんは、月に一～二回やってくる。わたしが遠くへ行けなくても、ものがたりは運ばれてくる。知らなかった世界に触れて、いのちのすばらしさが広がっていくように思える。驚くことばかりだ。せっちゃんの魂がひょいっと黄色い蝶に入り込んで、お母さんの傍でしばらく遊んでいるのも知っているし、時には蛙になって友達を待っているのを見たこともある。すると、缶ビールを並べて行く人や結婚の報告にくる人もいるんだよ。そして、いろんなものがたりを聴くたびに、「一粒の麦は、地に落ちて死ななければ、一粒のままである。だが、死ねば、多くの実を結ぶ。」（ヨハネ12―24）を思い出す。人の命にも一粒の種があるんだね。今日は、そのものがたりをお伝えすることが出来なくて残念！

そうそう、あの日、地に落ちた種たちも仲間を増やして、わたしの前で春から秋まで次々黄色や白の花やコスモスを咲かせて見せてくれたよ。もうすぐ、クリスマスのお祝いだ。お母さんはきっと今年も星や天使の飾りを付けてくれるだろう。最初はいやだったけれど、今では、喜びの時に思える。傍には喜んでくれるせっちゃんがいるからね。それにわたしも永遠に愛される木になりたい！と願っているからね。では、山の中から、みなさん、よいクリスマスを！

今日から始まる

親子グループの講座を担当した時であった。

おおさむこさむ　やまからこぞうがとんできた
なんといって　とんできた
さむいといってとんできた

とわらべうたを歌い始めると、だれよりも先に一番小さい七ヵ月の赤ちゃんの体が揺れ出した。時間にしたら三十分位の親子で遊ぶわらべうたであったが、赤ちゃんはまだ充分機能できない体の中に、みんなの遊びを真似ようとする意志を張らせた。自分でも動き回っているつもりなのだろう。それが赤ちゃんの表情や手足から伝わってきた。そのうちにわらべうたのリズムに合わせて声を出し、ウーウーと歌いだしたのである。その声によって私も歌う喜びが引き出されて、同じわらべうたを何度も繰り返して歌ってしまった。赤ちゃんの隣に居合わせた七～八十代の女性が感動して涙をこぼした。赤ちゃんのお母さんも驚いていた。赤ちゃんの生きようとするエネルギーや好奇心、周囲から学ぼうとする姿に触れると「明日がある」と思える。そしてまた満身の笑みに触れると、私たちが生まれてきたのは、「学ぶ」ためだったのかしら？とふっと思うことさえある。

その思いを一層強く感じさせられるのは、私のように歳を重ねても「学ぶこと」がこんなにたのしいとは！という体験をしているからかもしれない。二年前、「そうだ！もう一度学生をやってみよう」と何かに突き動かされるようにして学生証を手にした。たまたまテレビで目にした放送大学に籍を置いたのだった。放送による授業が中心だからだれでも学ぶことが出来る。私は、出来る限り面接授業や土日の集中講義にも出てみた。学生の年令は千差万別。すでに退職した高齢の人や職業を持ちながら学んでいる人が多い。若い方も一生懸命だ。教室に入ると先生も生徒も充実した時間を共有しているという空気に包まれる。気ままに本を読んでいる時よりも咀嚼している教科書の文字や先生の言葉。そこに身を置くと、昔の学生時代とは、違う学び方をしている。学問を味わうという感覚が働き出す。少しずつまわりの空間が広くなって行く心地よさがある。今いる時や場所を多方面から見詰め直したり、いつの間にやら過去の体験と重ね合わせている。それにしても「なんと、何も知らないで生きているのだろう！」ということを知らされる。それがまた明日のいのちの糧へとつながっていく。

放送大学は、多様な学習形態に対応出来るようになっているので、からっぽの心に食べたいものを届けるように科目を選んだ。「人生の哲学」「芸術の古典と現代」など、最初は生きていくための軸の様なものから学んでいた。教科書の背文字を見ると、心の足跡をたどることが出来る。

しかし、赤ちゃんのことを思うと、私たちは、生まれた時から確かにこうした「学ぶ」体験をして来たはずである。「学ぶ」ことは、いのちに必要な食べ物に違いない。今、私にとっては、癒しであり、心の大切な部分に「明日がある」と伝え、「今日から始まる」行動のエネルギーになっているように思う。

私たちには折り折り自分に合うことばというものがあるのではないだろうか。前述の「明日がある」と「今日からはじまる」の二つのことばは、今の私にぴったりしている。両方とも背後には、さまざまなものがたりがある。

一つは、Tさんの「明日がある」というものがたり。

経営者であるTさんの父上は、女子学生採用の面談の時、「どのような仕事がしたいか」訊ねたという。するとその学生は、「明日があると思える仕事がしたい」と答えたという。父上は、感動してそれをとても嬉しそうにTさんに報告したそうだ。三十年前の話である。Tさんは、娘時代からこの父上の言葉を大切にしていた。最近、念願のお店を開き、父上の気持ちを生かして、お店の名前も明日が来る館という意味を込めて「明来日 ta 館」にしたという。Tさんのお顔は、夢が満ち溢れていて美しかった。

目を転じれば、私たちの世界は、過去からの「学び」が生かされず、明日への夢が持てない状況ばかり。そんな中で、「今日から始まる」という言葉には勇気づけられる。実は映画の題名でもある。映画の舞台は、フランスの貧しい寂れた街の幼稚園。実在の園児達が登場し、子どものいのちと環境を守る厳しさと愛の行為が展開する。子どもたちはどのような環境の中でも学びつつ健気に生きている。時には生きていく権利さえ奪われている。この映画では希望の灯がともされて終わっていたが、私たちもさまざまな学びから、明日へ繋がる今日の生き方を祈らずにはいられない。

「たとえ明日世界がなくなったとしても私は今日林檎の木を植えるだろう」（映画林檎の木より）のように。実は、これも先に逝った娘がノートに記しておいて私に贈ってくれたことばであるが……。

あとがき

『げんき』（エイデル研究所刊）の四十～六十九号（一九九六～二〇〇一年）に掲載された「おちあいみちこのこぼればなし」三十話がそのまま小さな本になった。

振り返ると連載中に突然、娘の死に遭遇した。この現実と向き合い、思いをことばにするのは難しかった。でも必ず「いのちのしずく」からことばがこぼれ落ちるように感じた。途中から文体が変ったがこれも心境の変化だったように思う。短い文章の背後には時間と戦っていた忙しかった日々から一転した別世界と時間、空間があった。そしてこれも確かに生きていた五年の歳月のしるしである。私のいのちのしるしを天の娘にそして娘（摂）を想う方々にお捧げできたら嬉しい。

エイデル研究所『げんき』編集長の新開さんがこうして連載から本にまでして下さった。また、担当の石井さんに毎号励ましていただいた。心より感謝申し上げたい。

二〇〇二年八月九日　摂の誕生日に

落合　美知子

【著者略歴】

落合　美知子（おちあい　みちこ）

1945年５月新潟県に生まれる。

1968年より図書館勤務。その後各地でおはなし会や文庫活動、講演活動を行い、子どもたちに本を手渡している。

「おはなしとおんがくのちいさいおうち」主宰。

著書『いい家庭にはものがたりが生まれる』『美しいいのちからものがたりが生まれる』共にエイデル研究所刊

いのちのしずく

2002年8月9日　初刷発行

著　　者　　落合　美知子
発 行 者　　大塚　智孝
印刷・製本　中央精版印刷(株)

〒102-0073千代田区九段北4-1-11
発　行　所　エイデル研究所
TEL 03-3234-4641
FAX 03-3234-4644

ISBN4-87168-340-0　C3037　　Printed in Japan